CUENTOS REGIONALES ARGENTINOS:
LA RIOJA, MENDOZA, SAN JUAN, SAN LUIS.

COLECCIÓN LITERARIA LyC (LEER y CREAR)
con propuestas para el acercamiento a la literatura.*
Directora: Prof. HERMINIA PETRUZZI

001 - DON SEGUNDO SOMBRA, Ricardo Güiraldes. *(Prof. Eduardo Romano)*
002 - FACUNDO. CIVILIZACIÓN Y BARBARIE, Domingo F. Sarmiento. *(Prof. M. Cristina Planas y M. del Carmen Plaza)*
003 - EL LAZARILLO DE TORMES, Anónimo. *(Prof. Micaela Bracco y M. del Carmen de Sabarots)*
004 - MARTÍN FIERRO, José Hernández. *(Prof. Alcira Badano)*
005 - COPLAS A LA MUERTE DE SU PADRE, Jorge Manrique. *(Prof. M. Luisa A. de Tevere, M. del Carmen Córdoba y Graciela N. Quiroga)*
006 - EL CASAMIENTO DE LAUCHA, Roberto J. Payró. *(Prof. Esther Lorenzini de Guardia)*
007 - LA CAUTIVA - EL MATADERO, Esteban Echeverría. *(Prof.M. Virginia D. de Carrasco, M. del Carmen Córdoba y Hortensia González)*
008 - RIMAS, LEYENDAS, CARTAS Y ENSAYOS, Gustavo A. Bécquer. *(Prof. M. Cristina Planas y M. del Carmen Plaza)*
009 - MARÍA, Jorge Isaacs. *(Prof. Silvia Calero)*
010 - ANTOLOGÍA DE COMEDIAS Y SAINETES ARGENTINOS, I. *(Prof. Nora Mazziotti)*
011 - EL MODERNISMO HISPANOAMERICANO, Antología. *(Prof. Inés La Rocca)*
012 - CUENTOS PARA EL PRIMER NIVEL I, Antología. *(Prof. Lidia Blanco y Florencia E. de Giniger)*
013 - FUENTEOVEJUNA, Lope de Vega. *(Prof. Susana D. de Leguizamón)*
014 - ÉGLOGA I. Selección de SONETOS, Garcilaso de la Vega. *(Prof. Susana Lastra de Mattio)*
015 - EL ALCALDE DE ZALAMEA, Calderón de la Barca. *(Prof. Susana D. de Leguizamón)*
016 - EL SÍ DE LAS NIÑAS, Leandro Fernández de Moratín. *(Prof. Cristina Sisca de Viale)*
017 - EL BURLADOR DE SEVILLA, Tirso de Molina. *(Prof. Rosemarie Gaddini de Armando)*
018 - EL BARROCO HISPANOAMERICANO, Antología. *(Prof. Edith López del Carril)*
019 - EL CONDE LUCANOR, Selección de cuentos y sentencias, D. Juan Manuel. *(Prof. Beatriz Parula de López Ganivet)*
020 - CRONISTAS DE INDIAS, Antología. *(Prof. Silvia Calero y Evangelina Folino)*
021 - EL CAPITÁN VENENO, Pedro Antonio de Alarcón. *(Prof. María Cristina Planas y María del Carmen Plaza)*
022 - POESÍA Y TEATRO PARA EL PRIMER NIVEL, Antología. *(Prof. Florencia E. de Giniger)*
023 - PAGO CHICO Y NUEVOS CUENTOS DE PAGO CHICO, Selección, Roberto J. Payró. *(Prof. Esther Lorenzini de Guardia)*
024 - LA GENERACIÓN DEL 98, Antología. *(Prof. María del Carmen Porrúa)*
025 - EN LA SANGRE, Eugenio Cambaceres. *(Prof. Noemí Susana García y Jorge Panesi)*
026 - LOS PROSISTAS DEL 80, Antología. *(Prof. Alcira Badano)*
027 - FAUSTO, Estanislao del Campo. *(Prof. Noemí Susana García y Jorge Panesi)*
028 - EL SOMBRERO DE TRES PICOS, Pedro Antonio de Alarcón. *(Prof. Eduardo Dayan y María Carlota Silvestri)*
029 - POEMA DE MIO CID, Anónimo. *(Prof. Emilse Gorría)*
030 - ROMANCES NUEVOS Y VIEJOS, (ESPAÑOLES E HISPANOAMERICANOS). Antología. *(Prof. Laura Rizzi y Laura Sánchez)*
031 - EL BARROCO ESPAÑOL, *(Prof. Edith López del Carril)*
032 - EL LICENCIADO VIDRIERA, Miguel de Cervantes. *(Prof. Beatriz Parula de López Ganivet)*
033 - PERIBAÑEZ Y EL COMENDADOR DE OCAÑA, Lope de Vega. *(Prof. Eduardo Dayan y María Carlota Silvestri)*
034 - LA SEÑORA CORNELIA, Miguel de Cervantes. *(Prof. Inés La Rocca y Alicia Parodi)*
035 - SANTOS VEGA, Rafael Obligado. *(Prof. Mónica Sánchez)*
036 - CUENTOS PARA EL PRIMER NIVEL II, Antología. *(Prof. Florencia E. de Giniger)*
037 - JUVENILIA, Miguel Cané. *(Prof. Beatriz Testa y Ana María Wiemeyer)*
038 - EN FAMILIA, Florencio Sánchez. *(Prof. Rosemarie Gaddini de Armando)*
039 - LAS DE BARRANCO, Gregorio de Laferrère. *(Prof. Cristina Sisca de Viale)*

*Los nombres entre paréntesis y en bastardilla remiten a los docentes que tuvieron a su cargo la Introducción, notas y Propuestas de Trabajo que acompañan cada obra de la Colección Literaria LyC. En el caso de las antologías el trabajo incluye también la selección de textos.

040 - **LOCOS DE VERANO, Gregorio de Laferrère.** *(Prof. Graciela Ciucci y María Felisa Pugliese)*
041 - **DIVERTIDAS AVENTURAS DE UN NIETO DE JUAN MOREIRA, Roberto Payró.** *(Prof. Esther Lorenzini de Guardia)*
042 - **LA VIDA ES SUEÑO, Pedro Calderón de la Barca.** *(Prof. Susana D. de Leguizamón)*
043 - **CUENTOS DEL INTERIOR, Antología.** *(Prof. Adriana Maggio de Taboada)*
044 - **POESÍA Y PROSA RELIGIOSA DE ESPAÑA, Antología.** *(Prof. Susana Lastra de Mattio y Clara Alonso Peña)*
045 - **MARIANELA, Benito Pérez Galdós.** *(Prof. Mirta Stern)*
046 - **POESÍA ARGENTINA DEL SIGLO XX, Antología.** *(Prof. Delfina Muschietti)*
047 - **ANTÍGONA VELEZ, Leopoldo Marechal.** *(Prof. Hebe Monges)*
048 - **DON QUIJOTE DE LA MANCHA. Selección, Miguel de Cervantes Saavedra.** *(Prof. Emilse Gorría)*
049 - **M'HIJO EL DOTOR, Florencio Sánchez.** *(Prof. Norma Mazzei, María Ester Mayor y César Álvarez Pérez)*
050 - **LA VERDAD SOSPECHOSA, Juan Ruiz de Alarcón.** *(Prof. Cristina Sisca de Viale)*
051 - **DOÑA ROSITA LA SOLTERA, Federico García Lorca.** *(Prof. Hebe A. de Gargiulo, María Aída Frassinelli de Vera y Elsa J. Esbry de Yanzi)*
052 - **LA INVENCIÓN DE MOREL, Adolfo Bioy Casares.** *(Prof. Hebe Monges)*
053 - **TEATRO BREVE CONTEMPORÁNEO ARGENTINO, Antología.** *(Prof. Elvira Burlando de Meyer y Patricio Esteve)*
054 - **CUENTOS PARA EL SEGUNDO NIVEL. Antología.** *(Prof. Isabel Vasallo)*
055 - **LA ZAPATERA PRODIGIOSA, Federico García Lorca.** *(Prof. Rosemarie Gaddini de Armando)*
056 - **LA CELESTINA, Fernando de Rojas.** *(Prof. Susana D. de Leguizamón)*
057 - **EL PERJURIO DE LA NIEVE, Adolfo Bioy Casares.** *(Prof. Hebe Monges)*
058 - **DON JUAN, Leopoldo Marechal.** *(Prof. Alfredo Rubione)*
059 - **LAS NUEVE TÍAS DE APOLO, Juan Carlos Ferrari.** *(Prof. Graciela Perriconi y María del Carmen Galán)*
060 - **CUENTOS REGIONALES ARGENTINOS: LA RIOJA, MENDOZA, SAN JUAN, SAN LUIS. Antología.** *(Prof. Hebe A. de Gargiulo, María Aída Frassinelli de Vera y Elsa J. Esbry de Yanzi)*
061 - **CUENTOS REGIONALES ARGENTINOS: CORRIENTES, CHACO, ENTRE RÍOS, FORMOSA, MISIONES, SANTA FE. Antología.** *(Prof. Olga Zamboni y Glaucia Biazzi)*
062 - **CUENTOS REGIONALES ARGENTINOS: CATAMARCA, CÓRDOBA, JUJUY, SALTA, SANTIAGO DEL ESTERO, TUCUMÁN. Antología.** *(Prof. Viviana Pinto de Salen)*
063 - **CUENTOS REGIONALES ARGENTINOS: BUENOS AIRES. Antología.** *(Prof. María Teresa Gramuglio)*
064 - **ANTOLOGÍA DE CUENTISTAS LATINOAMERICANOS.** *(Prof. Hebe Monges y Alicia Farina de Veiga)*
065 - **TEATRO BREVE CONTEMPORÁNEO ARGENTINO II. Antología.** *(Prof. Elvira Burlando de Meyer y Patricio Esteve)*
066 - **ZARAGOZA, Benito Pérez Galdós.** *Prof. Beatriz M. de Borovich y Elsa Leibovich)*
067 - **EL VISITANTE, Alma Maritano.** *(Prof. Nora Hall)*
068 - **LOS VIAJEROS MISTERIOSOS, Jorge A. Dágata.** *(Prof. María Carlota Silvestri y Eduardo M. Dayan)*
069 - **CAREL, Héctor C. Nervi.** *(Prof. Graciela Pellizari)*
070 - **LAS PROVINCIAS Y SU LITERATURA. CÓRDOBA, Antología.** *(Prof. Pampa Arán de Meriles y Silvia Barei)*
071 - **20 JÓVENES CUENTISTAS ARGENTINOS, Antología.** *(Prof. Herminia Petruzzi)*
072 - **LAS PROVINCIAS Y SU LITERATURA, SANTA FE. Antología.** *(Prof. M. Angélica Carbone, Graciela de Bonina y Stella M. Alliani)*
073 - **VAQUEROS Y TRENZAS, Alma Maritano.** *(Prof. Clide Tello)*
074 - **EL GROTESCO CRIOLLO: DISCÉPOLO - COSSA. Antología.** *(Prof. Irene Pérez)*
075 - **CUENTOS DE LA SELVA, Horacio Quiroga.** *(Prof. Graciela Pellizari)*
076 - **TIRANO BANDERAS, Ramón del Valle Inclán.** *(Prof. Cristina Sisca de Viale, Rosemarie G. de Armando y Susana Franz)*
077 - **MARIANA PINEDA, Federico García Lorca.** *(Prof. Hortensia González y M. Virginia P. de Carrasco)*
078 - **CUENTOS PARA EL PRIMER NIVEL III. Antología.** *(Prof. M. Cristina Planas y Eduardo M. Dayan)*
079 - **LA LITERATURA DE IDEAS EN AMÉRICA LATINA, Antología.** *(Prof. Lucila Pagliai)*
080 - **EN EL SUR, Alma Maritano.** *(Prof. Beatriz Castiel)*
081 - **A LA DERIVA Y OTROS CUENTOS, Horacio Quiroga. Antología.** *(Prof. Olga Zamboni)*
082 - **LEOPOLDO LUGONES, CUENTO, POESÍA Y ENSAYO, Antología.** *(Prof. Pampa Arán de Meriles y Silvia Barei)*
083 - **ROSAURA A LAS DIEZ, Marco Denevi.** *(Prof. Herminia Petruzzi, M. Carlota Silvestri y Élida Ruiz)*
084 - **SUCEDIÓ EN EL VALLE, Jorge Dágata.** *(Prof. Ester Trozzo de Servera)*
085 - **NO ME DIGAN QUE NO, Enrique Butti.** *(Prof. Héctor Manni)*
086 - **20 JÓVENES CUENTISTAS ARGENTINOS II. Antología.** *(Prof. Susana Giglio y Alba Scarcella)*
087 - **CUENTOS PARA EL SEGUNDO NIVEL II. Antología.** *(Prof. María Teresa Bordón)*
088 - **GUIONES TELEVISIVOS. Antología.** *(Prof. Ed. M. Dayan)*

089 - CUENTOS ESPAÑOLES CONTEMPORÁNEOS, Antología. *(Prof. Susana Giglio y Lores Olivato)*
090 - ANTONIO MACHADO, POESÍA Y PROSA, Antología. *(Prof. Cristina Sisca de Viale)*
091 - CUENTOS REGIONALES ARGENTINOS: CHUBUT, NEUQUÉN, RÍO NEGRO, STA. CRUZ, TIERRA DEL FUEGO. Antología. *(Prof. M. Cristina Chiama de Jones, Nivia Lara de Mateo y Juan C. Corallini)*
092 - GRUPO POÉTICO DEL 50. ANTOLOGÍA DE POESÍA ESPAÑOLA. *(Prof. Ana María Echevarría)*
093 - LAS PROVINCIAS Y SU LITERATURA. MENDOZA, Antología. *(Prof. Hilda Fretes, Nélida Crivelli de Calcagno y Blanca Gatica de Bari)*
094 - DE EXILIOS, MAREMOTOS Y LECHUZAS, Carolina Trujillo Piriz. *(Prof. Lucila Pagliai)*
095 - LAS ROSITAS, Graciela Cabal. *(Prof. Josefina Delgado)*
096 - UN TREN A CARTAGENA, Sandra Matiasevich. *(Prof. Olga Zamboni)*
097 - CON LA PLUMA Y LA PALABRA. CUENTOS PREMIADOS DE MAESTROS Y PROFESORES. Antología. *(Prof. María Teresa Corvatta)*
098 - 20 JÓVENES CUENTISTAS ARGENTINOS III, Antología. *(Prof. Susana Lastra)*
099 - CRUZAR LA CALLE, Alma Maritano. *(Prof. Élida Ruiz)*
100 - EL JUGUETE RABIOSO, Roberto Arlt. *(Prof. Élida Ruiz)*
101 - EL PAN DE LA LOCURA, Carlos Gorostiza. *(Prof. Edith R. de López del Carril)*
102 - JETTATORE, Gregorio de Laferrère. *(Prof. Cristina Sisca de Viale)*
103 - EL JOROBADITO. AGUAFUERTES PORTEÑAS. EL CRIADOR DE GORILAS, Roberto Arlt. Selección. *(Prof. María Cristina Arostegui y Ofelia Midlin)*
104 - MI PUEBLO, Chamico. *(Prof. Eduardo Marcelo Dayan)*
105 - LA CASA DE BERNARDA ALBA, Federico García Lorca. *(Prof. María Teresa Bordón)*
106 - EL PUENTE, Carlos Gorostiza. *(Prof. Edith R. de López del Carril)*
107 - LA ISLA DESIERTA - SAVERIO EL CRUEL, Roberto Arlt. *(Prof. María Teresa Bordón)*
108 - LOS MIRASOLES, Julio Sánchez Gardel. *(Prof. María Graciela Kebani)*
109 - LA COLA DE LA SIRENA - EL PACTO DE CRISTINA, Conrado Nalé Roxlo. *(Prof. Eduardo Marcelo Dayan)*
110 - BODAS DE SANGRE, Federico García Lorca. *(Prof. María Carlota Silvestri)*
111 - UNA VIUDA DIFÍCIL - JUDITH Y LAS ROSAS, Conrado Nalé Roxlo. *(Prof. Inés La Rocca)*
112 - ANTOLOGÍA DE TEATRO URUGUAYO. *(Prof. María Nélida Riccetto)*
113 - CUENTOS BRASILEÑOS. Antología bilingüe. *(Prof. Lucila Pagliai y Ofelia Castillo)*
114 - ANTOLOGÍA DE LA INTEGRACIÓN. Cuentos paraguayos y argentinos. (Área guaranítica). *(Prof. Esther González Palacios y Osvaldo González Real)*

ANTOLOGÍA

CUENTOS REGIONALES ARGENTINOS:

LA RIOJA, MENDOZA, SAN JUAN, SAN LUIS.

EDICIONES COLIHUE

Selección, introducción, notas y propuestas de trabajo: Prof. HEBE ALMEIDA DE GARGIULO, Prof. ALDA FRASINELLI DE VERA y Prof. ELSA ESBRY DE YANZI.

Las ilustraciones de *tapa e interiores* se deben a la creación del pintor argentino LUIS SUÁREZ JOFRE.

AGRADECEMOS LA COLABORACIÓN DE:

Dra. Nélida Catarossi de Arana
Prof. Jorge Hadandoniou
Lic. Lili de Monetta
Director de Cultura de la Provincia de San Luis, señor Mario Quiroga Luco
Prof. César Eduardo Quiroga Salcedo
Prof. Teresita Saguí
Sra. Nilda Elisa Suayter

1ª edición / 3ª reimpresión

I.S.B.N. 950-581-060-1

© EDICIONES COLIHUE
Díaz Vélez 5125
(1405) Buenos Aires
Hecho el depósito que marca la ley 11.723
IMPRESO EN LA ARGENTINA - PRINTED IN ARGENTINA

QUÉ NOS PROPONEMOS

Como lo sugiere el subtítulo, el propósito de esta colección es hacer de la cátedra de literatura una experiencia vital, activa y gratificante para alumnos y profesores.

Para ello, hemos tenido en cuenta lo que consideramos el objetivo esencial de la asignatura que es —así lo entendemos— lograr que el adolescente adquiera el hábito y el gusto por la lectura, lo cual lleva implícito el desarrollo de una actitud crítica ante el hecho literario.

El objetivo parece claro, pero también ambicioso: durante años de trabajo, hemos ido seleccionando contenidos, cuestionándonos métodos o enfoques, intercambiando experiencias entre colegas e incluso modificando nuestra actitud docente para tratar de lograr esa "clase" de literatura que se pareciera en parte a una charla entre gente que se interesa por un tema y lo discute y analiza con fervor.

Por nuestra parte, confesamos que no todos han sido éxitos; sin delirios, creemos haberlo conseguido alguna vez; un grupo de alumnos de un curso en muchos casos; en otros —los menos— el curso entero. Pero como los resultados en educación no son inmediatos ni espectaculares, esos éxitos, aunque limitados, justifican nuestro empeño.

Esta colección, entonces, con ese objetivo y estas reflexiones previas, está preparada para docentes y destinada a ser compartida con los docentes —y sus alumnos— que participan de nuestra preocupación (de ellos esperamos críticas, sugerencias, muy especialmente, propuestas concretas de trabajo) por lograr ese acercamiento del adolescente a la obra literaria, que vitalice los programas vigentes y que implique un auténtico gusto por leer, descubrir y crear.

Para ello presentamos una cronología en la que el autor —su vida y su obra— se inserta en el cuadro de la realidad histórica y cultural que configuró, en parte, su experiencia; una introducción que —sin excesivos tecnicismos ni erudición— facilite la reflexión acerca de la obra y oriente al alumno para comprender acabadamente el proceso creativo; notas al pie de página y un vocabulario cuando las necesidades del texto lo determinen.

Finalmente, se han planteado propuestas de trabajo para la clase o fuera de ella como corolario de la lectura: algunas son tareas de búsqueda e investigación en el texto, a partir en muchos casos, de los datos que se proporcionan en la introducción; otras se proponen desarrollar capacidades expresivas y, en líneas generales, giran alrededor de la recreación de lo leído.

Hemos procurado, en lo posible, presentar propuestas concretas —y fundamentalmente que se puedan llevar adelante en todos los institutos de enseñanza— transcribiendo el material necesario o dando información precisa para realizarlas; con esto no pretendemos coartar la iniciativa del docente, sino facilitar el trabajo en clase; el profesor que aporta su propia experiencia e información —y que conoce las posibilidades de cada grupo y de cada alumno— será, en definitiva, el que decida el éxito de esta iniciativa.

Herminia Petruzzi

YO SOY

Yo soy
memoria de tu paisaje,
tierra caliente y carnal.
Tengo de vino la sangre,
mi corazón es lagar.
Tengo la voz de los cerros,
tengo la pena ancestral
de una vieja viña triste,
que llora vides de sal.
Ay mi raza de madera
Ay mi raza de metal
Ay la viña seca y triste
Ay mi vacío lagar
Ay duro dolor del cerro
Ay siestas lentas de cal
Ay de mi sangre encendida
en dulce vino fatal
Ay mi raza de madera
Ay mi raza de metal.

Beatriz Della Motta.

EL ÁMBITO GEOGRÁFICO DE ESTA ANTOLOGÍA

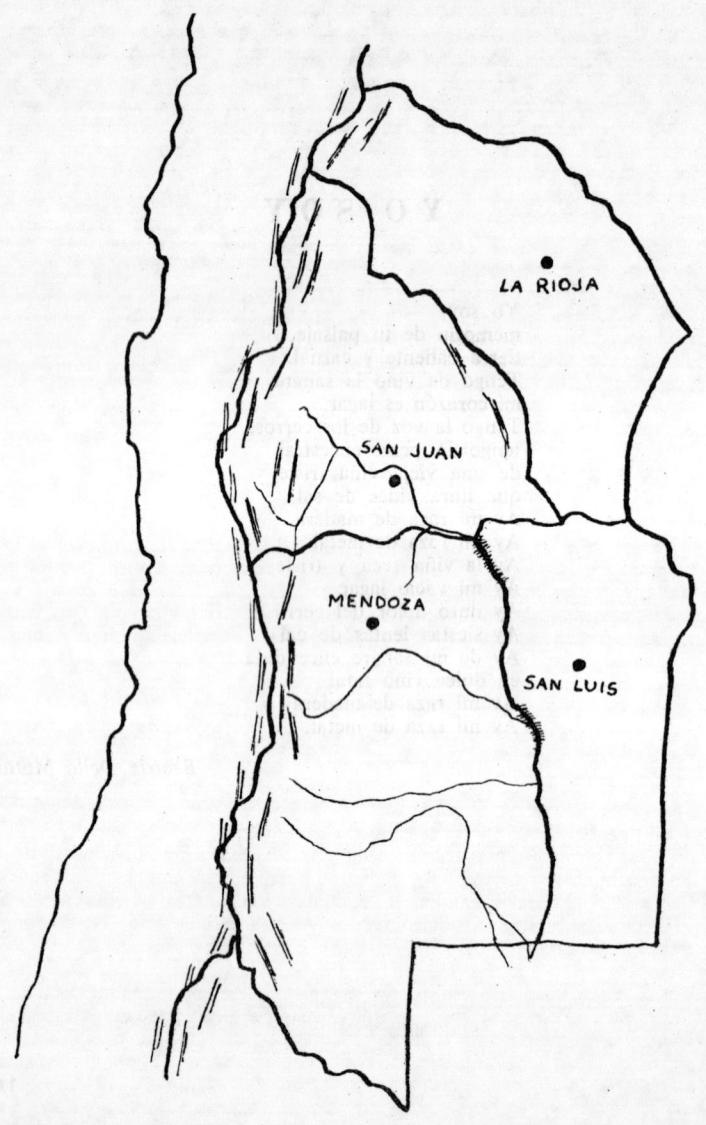

INTRODUCCIÓN

"Cultura e Historia separan al americano de Precolombia, pero he aquí que el maduro mundo occidental, solicita la definición de las Américas. ¿Y qué definición podrá dar este mundo si no ha sondeado sus propias reservas? Un nuevo humanismo, el humanismo americano que abreve en las fuentes de Precolombia, tiende a hacerse presente en el mundo del intelectualismo. Ha llegado la hora de América: el momento criollo."

Con estas palabras del escritor mendocino Juan Draghi Lucero, asumidas como idea vertebradora, queremos iniciar la presentación de nuestra antología.

Pensamos, como él, que América debe encontrar su propia identidad desde las raíces nutricias, para poder alcanzar el lugar que el mundo le tiene reservado.

Por eso, desde esta pequeña y modesta región argentina pretendemos fundamentar *nuestro modo de ser*, mostrarlo a nuestros hermanos, y recibir sus mensajes similares. Así, por la región al país, y por los países al continente aportaremos al conocimiento y comprensión de las nuevas generaciones americanas.

MIRANDO AL PASADO

Durante muchos años lo literario argentino aparecía con absorbente exclusividad desde Buenos Aires.

Para alcanzar proyección nacional, los escritores provincianos debían publicar en la Capital; si alguno acometía la empresa de producir desde sus límites regionales, revelaba una notoria diferencia con respecto a la Gran Ciudad. Buenos Aires era ella sola, resonador de voces argentinas.

Así, lo que va configurándose como Literatura Nacional brota como un caudal heterogéneo, de muy difícil integración, donde predomina lo ciudadano sobre lo campesino, lo individual sobre lo social; y aunque

Buenos Aires abandona poco a poco ese paternalismo, sigue dejando su impronta en grupos intelectuales íntimos y aislados.

Casi desde sus orígenes, nuestro país ha registrado en lo político, social y cultural, profundas antinomias que zanjaron y escindieron sus entrañas:

ciudad - campo
unitarios - federales
civilización - barbarie
porteños - provincianos
desarrollo - subdesarrollo

Ellas produjeron fracturas y estériles divorcios que obstaculizaron la configuración del perfil argentino.

Hacia 1920 irrumpe una nueva quiebra social e ideológica que invade el campo de la literatura, los grupos de Boedo [1] y de Florida [2], que representan dos vertientes presuntamente inconciliables.

Los escritores de Boedo luchan por la integración de los elementos regionales (provinciales y porteños) y defienden el realismo social y revolucionario. Los de Florida destacan el carácter lúdico de la Literatura, y lejos de considerar la realidad, la vida cotidiana como fines de expresión directa, las toman como excitantes del espíritu creador. El vaivén pendular oscila entre el extremo paradojal y metafísico de Florida, y la poesía con mensaje, de intención política y social, de Boedo.

OTROS BOEDO Y FLORIDA

El tiempo atenuó los términos de la polémica, pero no pocos críticos literarios la han utilizado para reconocer en la narrativa de las últimas décadas, dos nuevas direcciones que reelaboran los legados de Boedo y de Florida.

Por un lado la corriente realista regional (de perspectiva rural o de perspectiva urbana), caracterizada por la veracidad del escenario social, la tipicidad de caracteres psicológicos y la preferencia por el lenguaje coloquial.

Por otro lado una corriente fantástica, embebida en tradiciones francesas e inglesas, que se deleita con la ficción científica y policial, y que prefiere una literatura *bien hecha* ajena a intenciones didácticas o de tesis. Algunos críticos pretenden ver así manifiestas las literaturas del interior y de la capital.

---

1 *Boedo*: barrio popular e industrial de Buenos Aires.
2 *Florida*: calle peatonal, elegante y tradicional de la ciudad de Buenos Aires.

Los representantes tienen entre sí diferencias notables, con experiencias intelectuales no del todo ajenas a las tendencias de Boedo y Florida, pero se advierte en casi todos ellos un afán de superar cada cual a su manera las funestas oposiciones de fondo y forma; de literatura expresión de grandes verdades, o literatura con prescindencia de contenidos.

HACIA UNA LITERATURA NACIONAL

La formulación de un concepto nuevo de Literatura Nacional debe fundarse en la unión de todas esas vertientes, distintas, sí, pero igualmente argentinas; unión en la que se deseche toda supremacía de un grupo sobre otro; que atienda a quienes escriben desde el interior, y afirmen los valores regionales para revitalizar y profundizar el sentido de lo nacional.

Ocuparse de las obras que produce una determinada zona geográfica, social o cultural, no significa ese mero enrolarse en una visión costumbrista o exótica —aunque también es un aporte válido— sino especialmente ahondar en la profundidad de rasgos esenciales, destacar su voz única, significativa y distinta que se une al coro de voces argentinas con su propia individualidad.

Según Armando Raúl Bazán [3] *"La realidad cultural se manifiesta no como un fenómeno uniforme sino como un fenómeno de diversidad y de diferenciación de perspectivas y acentos. Existen diversas áreas culturales, cada una de las cuales tiene su propia personalidad. La tarea que debemos acometer primero, para interpretarla, es caer en la cuenta de esa diversidad; la segunda integrar una cultura nacional en cuya esfera se compaginen armoniosamente las diversas facetas y matices procedentes de experiencias sociales y de tradiciones locales donde encarnan los problemas universales de lhombre y del mundo".*

Concebida así la región se manifiesta como fuente de asombrosa vitalidad para nutrir la cultura nacional, la que, si profundiza sus raíces en los valores propios, podrá proyectarse en trascendencia universal.

Cada poeta de nuestro país debe ser considerado como punto luminoso que ayude a encontrar la luz de nuestra literatura; cada aporte regional debe entenderse en función al mensaje general de la literatura nacional, con todo el caudal de una creación colectiva, como conciencia de representatividad, de afinidad.

---

[3] Armando Raúl Bazán: *Las bases históricas del regionalismo cultural argentino*, Catamarca, Ed. La Unión. 1959. Citado por Edelweis Serra en *Sobre la investigación de la Literatura Argentina desde la perspectiva regional*, Actas del Simposio de Literatura Regional. Salta. 1980.

Guillermo Ara[4] destaca: "Lo nacional es un relativo acuerdo de participación ambiental y social, en lo histórico y legendario, en la tradición y el acto cotidiano".

LA ARGENTINA EN REGIONES

Por la extensión de su dilatado territorio que barren vientos en todas direcciones; por la variedad de climas, casi desde el Trópico hasta el Polo, desde el bosque hasta el desierto; por la longitud de sus costas y la altura de sus cordilleras; por las enormes desoladas distancias que separan, en el interior, las ciudades importantes; por la diversidad étnica de los grupos humanos que poblaron cada rincón, antes del blanco; por la historia de una colonización a través de tres muy distintas vertientes, y por muchos otros elementos del pasado y del presente, nuestro país es una compleja conjunción de regiones diferentes, con propia individualidad.

Esta región

Tierra arenisca y legendaria. Cuyo...[5]

Precisa y ajustada la definición del poeta, si por Cuyo entendemos —con la geografía— la zona de la precordillera que cubre Mendoza, San Juan y el oeste de La Rioja.

Pero el Cuyo de la Historia, el que fue colonizado por la corriente del oeste y a través de los Andes recibió la influencia chilena, el Cuyo que integró el Virreynato del Río de la Plata hacia 1776, ese Cuyo es el que la copla popular identifica con tres estrellas;

> Las Tres Marías del cielo
> ya no se llaman así;
> ahora llevan por nombre
> San Juan, Mendoza y San Luis.

Por eso, porque historia o naturaleza las asimilan y porque los científicos aún discuten sobre la composición de las regiones y sus límites, nosotros hemos integrado esta zona con las cuatro provincias mencionadas: La Rioja, San Juan, Mendoza y San Luis. (Precordillera y sierras pampeanas).

---

4 Guillermo Ara, *Literatura Regional y Literatura Nacional*, Actas Simposio citado.
5 Dalmiro Coronel Lugones, *Canto a San Juan*.

Penitentes... bosques de hielo (camino a Chile, por Agua Negra).

Los alucinantes paisajes de Talampaya.

Petroglifos indescifrados en Talampaya.

Ischigualasto, el mágico Valle de la Luna.

Tierras de huarpes, diaguitas y comechingones, tierras de sed y de contrastes, bien podrían caracterizarse con las palabras que J. P. Echagüe [6] dijera de su San Juan: *En ella acumuló la naturaleza todas sus demasías: la montaña colosal de aristas dislocadas, la fronda ubérrima en faldas y hondonadas, el alucinante desamparo de los desiertos, los torrentes asoladores, los tremendales y los esteros, la siempre renovada juventud de las nieves límpidas en las cimas. Y por entre los accidentes del paisaje plutónico, el panorama eglógico de los viñedos. Surcos bullentes de gérmenes premiosos, o tierra yerta bajo su capuz de sal...*

La geografía sanjuanina (dice Echagüe; de esta zona, decimos nosotros) *se integra por antítesis y contraluces como un poema romántico, pero converge hacia una armonía esencial como los temas graduales de las sinfonías. Nada de mediocre en semejante ambiente: ni la altura de sus picos, ni el fruto de sus vides, ni el alma de sus hombres.*

Acumulamos pruebas a esa caracterización: el Aconcagua —centinela de piedra según la etimología— cumbre más alta del sistema; las nieves permanentes del Famatina; la presencia del viento Zonda, especie de entidad dinámica, ligada al ser metafísico de la región; el régimen caprichoso y casi impredecible de los ríos de la cuenca del Desaguadero, que atraviesa o limita estas provincias pedemontanas con alta heliofanía; los alucinantes paisajes del Valle de la Luna, Talampaya y los Salitrales; la placidez de Merlo, Huaco y el Potrero de Funes; el vértigo de las pistas de esquí de Vallecito, el aliento cálido de las aguas termales, y el oro, el petróleo y el mármol en el corazón de los cerros, como definiendo para sus hombres un destino de reyes, de industriosos y de artistas.

LEYENDAS Y TRADICIONES

Tierras y paisajes hablan un idioma inarticulado de misterio y de lirismo. El pasado de los hombres y el alma de los pueblos no se explican del todo si esa voz no es escuchada y comprendida.

Puesto que *Cuyo* significa arena, más que en otras se cumple, en esta zona, aquella premisa exigida para el establecimiento de las comunidades primitivas: la presencia del agua, que nutre la vida y la imaginación de los hombres.

Huanacache

Seguramente por eso la gran importancia de las lagunas de Huanacache —hoy desaparecidas por obra del intenso sol y la falta de

---

[6] Juan Pablo Echagüe, *Tierra de Huarpes*. Buenos Aires, Peuser, 1945, pág. 21.

aporte de los ríos—. Están en el centro geográfico de Mendoza, San Juan y San Luis. Fueron la morada señorial del huarpe que bebió en ella junto con el daño a su garganta,[7] la discreción y la reserva; como enseñar un viejo cantar en lengua quechua:

> Saber nadie puede
> lo que el lago guarda.
> Así guarda tú
> lo que sepas de otro;
> mejor si lo olvidas...[8]

Martina Chapanay

De esas lagunas partió Martina Chapanay, la amazona mestiza de viril empuje, que asoló los caminos con una banda de forajidos para redimirse luego convertida en defensora de la justicia y protectora de los pobres; y en cuya muerte, en Mogna, la tradición pretende ver signos de predestinación.

Este personaje, especie de Roque Guinart, o de Robin Hood criollo, tiene muchas versiones; la de Santos Guayama que correteó sus andanzas por La Rioja, San Juan, San Luis y Mendoza, hasta que se hizo amigo del Cura Brochero en Córdoba; también está el Gaucho José Dolores, cuyo prontuario se conserva en el Juzgado Federal de San Juan; y ¡qué decir del Gaucho Cubillos con una historia semejante en Mendoza!

Difunta Correa

Sobre el problema de la aridez, el calor, la injusticia, el desierto y la sed se enseñorean. Quiere la tradición local que una joven sanjuanina, Deolinda Correa, cuyo joven esposo fuera arbitrariamente destinado a La Rioja, escapara con su pequeño hijo por la travesía que une ambas provincias, para buscarlo; y que muerta por la sed y la fatiga, fuera encontrada por unos lugareños, con el niño aún vivo, amamantándose de sus senos yertos. La credulidad popular la ha erigido en protectora de los pobres, los viajeros y los necesitados, que de todos los rumbos del país —y aun de otros países— le rinden culto en el lugar donde

---

7 *el daño a su garganta*: Huanacache significa en lengua vejoz: agua que daña a la garganta, o agua que produce coto (bocio).
8 Juan Pablo Echagüe, *Op. cit.*, pág. 32.

presuntamente fue encontrada, y le ofrendan agua en los más variados y pintorescos envases.

No todo ha de ser superstición y leyenda. También la fe religiosa tiene sus tradiciones locales.

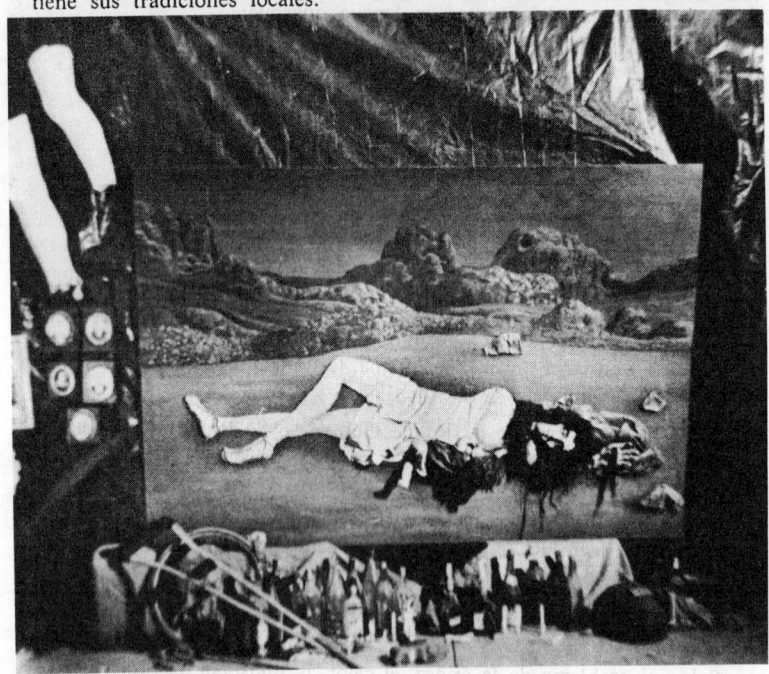

La Difunta Correa, óleo de Antonio Berni.
(Pintores Argentinos Nº 22, Buenos Aires, CEDAL, 1980).

El Tinkunaco

En La Rioja —cuya dosis intensa de sangre americana se manifiesta hasta en la conservación y el respeto por los nombres diaguitas— se celebra anualmente un rito que lleva siglos de adopción. Es el *Tinkunaco*, el encuentro, entre San Nicolás de Bari, patrono de la ciudad, y el Niño Alcalde, el 31 de diciembre de cada año a las doce en punto, cuando el sol quema las calles pero no aplasta los espíritus.

San Nicolás y sus *alféreces*, con banda y bandera al estilo español, al llegar frente a la Casa de Gobierno, se encuentran ante el Niño Alcalde, que viene desde San Francisco, portado por su *allis*[9] con escapularios y vinchas al uso indígena. Allí, San Nicolás hace tres genuflexiones a su Señor, y siguen juntos hasta la Catedral, donde el Niño permanece tres días.

Esta procesión del Encuentro se funda en una antiquísima tradición que asegura el sometimiento de los indios sublevados en las Pardecitas, por obra del Violín de San Francisco Solano, y de la asunción del Niño Dios como Alcalde de la Ciudad de Todos los Santos de la Nueva Rioja. La historia figura en la Bula de canonización de San Francisco Solano, y en una carta del gobernador de La Rioja conservada en el Archivo de Indias.[10]

Llama la atención que San Francisco Solano no aparezca durante la ceremonia; será tal vez, se dice en La Rioja, la proverbial humildad del Santo, que lo mantiene, aun ahora en el recogimiento.

El Señor de Renca

Ésta es una devoción que los habitantes de San Luis han heredado de Chile, del pueblo cuyo nombre aquí se repite. La imagen de Cristo está tallada en madera de espino. Las versiones sobre su origen son contradictorias. Reproducimos la del historiador Horacio Videla:

> *Una tocante tradición envuelve a la Santa imagen de Renca. Cierto indio ciego, en circunstancias que hachaba un tronco de espina en un bosque del paraje trasandino de Renca, allá por 1636, se sintió alcanzado en el rostro por la savia del árbol. Recuperó la vista de súbito y la primera percepción de sus ojos fue una pequeña figura de Cristo en el hueco del leño que destrozaba. Cargó la imagen y emprendió viaje a Córdoba a fin de hacer conocer el hecho a las autoridades eclesiásticas; pero en tierra cuyana y precisamente en San Luis, al cruzar el río Conlara, la carreta se detuvo, clavada en el suelo, sin posibilidad de hacerla zafar. Resignóse el indio a abandonarla considerando un designio divino el que esa carga quedara allí como sucedió.*[11]

9 *allis*: en quechua: los buenos, los mejores.

10 *La historia figura* ... *Archivo de Indias*: Citado por Julio y Julio Carlos Díaz Usandivaras en Folklore y Tradición, Buenos Aires, Raigal, 1953.

11 Horacio Videla, *Historia de San Juan*, Edición del Gobierno de San Juan, 1972, Tomo II, pág. 297.

El Cristo Yacente, Milagroso Señor de Renca, en su rama de espinillo.

Hasta aquí el Dr. Videla. Otras versiones aseguran que es sólo una reproducción de la imagen chilena (la duda nos la insinuó la Dra. Berta Vidal de Battini, investigadora del folklore cuyano), pero al puntano, de Renca, o de cualquier otro rincón de la provincia, eso lo tiene sin cuidado. Todos los años el 3 de mayo, con afluencia de innúmeros peregrinos de Cuyo, Chile y Córdoba, rinde emocionado culto a su Milagroso Señor.

Y podríamos seguir hablando de la Virgen Generala del Ejército de San Martín; de la Virgen de la Carrodilla, patrona de los viñedos... y de todas las devociones locales, que no son pocas, que se repiten bajo distintas denominaciones en todos los rincones del país; pero que en cada uno toman un matiz diferente.

Finalmente no podemos ignorar las llamadas Leyendas Madres, las que apuntan a explicar la búsqueda permanente del oro, la agresividad —por carencia o por exceso— de los ríos y del destino trágico del pueblo cuyunche.

El Tesoro del huarpe

Cuentan que cuando los incas debieron pagar en rescate del Jefe, su talla en oro, también los huarpes debieron hacer su aporte. Tenían ya reunido un enorme tesoro extraído de esta región y se aprestaban a llevarlo a través del *Camino del Inca* (impresionante ruta por las cumbres de los cerros, desde Chile, por Mendoza, San Juan y La Rioja rumbo al Cuzco, que aún se conserva), cuando se enteraron de la muerte de Atahualpa a manos de los españoles. Entonces, defraudados y dolidos escondieron su tesoro en pellejos de guanaco, que siguen ocultos entre los roquedales de la montaña, y que incitan periódicamente la persecución ambiciosa.

¿No habrá vuelto a absorber la cordillera el oro de su entraña y espera, no ya la búsqueda superficial del aventurero, sino la industriosa explotación minera? Estos son tiempos para la historia, pero tal vez iluminados por la leyenda.

La venganza del Aconcagua

En las cercanías del Aconcagua, sobre tierras áridas, arenosas, salitrosas, una raza de gigantes agonizaba por la sed y la sequía de sus campos. Para salvarse decidieron robar a la mole inmensa, el agua de su cima y sus laderas.

Socavaron la montaña y el líquido se despeñó a raudales. Indignado el coloso al despertarse, contrajo en un solo esfuerzo sus miembros de piedras y el efecto anegó todo el valle.

Cada tanto, se repite la venganza del Aconcagua haciendo crecer los ríos con sus nieves derretidas; por eso, después de crueles temporales de sequía, los pobladores deben defenderse de las crecientes arrasadoras de campos y poblados.

Cochagual

Cuando el inca invadió la tierra de huarpes, todos los guerreros del Cuyun le presentaron batalla a las órdenes de Cochagual. Fue una lucha sangrienta que tiñó de rojo la tierra, y hasta la luna india.

Vencieron los incas; los huarpes que sobrevivieron lograron rescatar a su jefe muy mal herido, lo colocaron sobre una roca —que aún se señala en una elevación— y escucharon la profética y grave voz de Cochagual: *"La tierra del huarpe se ha embebido de sangre. Sangre seguirá pidiendo por siempre, pues el suelo que para defenderlo riega el hombre con el licor de sus venas, cebado queda. ¡Sangre bebió la tierra del huarpe; tributos de sangre volverá a exigirles a sus hijos!"* [12]

Tal vez allí esté la causa evanescente, de los sucesivos terremotos, incontables conflictos, catástrofes y crisis que jalonan la historia en esta región.

La venganza del Aconcagua, ríos de vida o de muerte para los valles.

EL HOMBRE Y SUS MODOS

En el medio geográfico agresivo que anotábamos al principio; en permanente lucha con un suelo en el que cada planta y cada fruto es obra del esfuerzo denodado; contra el marco del cielo más azul que pueda imaginarse —al que fatalmente llega la mirada si sigue el derrotero que señalan las cumbres de sus cerros, allí en Mendoza, San Juan, San Luis y La Rioja, el modo argentino cobra una actitud peculiar. Las moradas son casas de puertas abiertas; ningún forastero es mal recibido: la familia es el respaldo con que cada uno se para frente al

12 Juan Pablo Echagüe. *Op. cit.*, pág. 24.

mundo, y sus gentes se sienten enraizadas en la tierra, y comprometidas con su medio. De esos pueblos salieron hombres y mujeres que brillaron en el firmamento argentino, y fuera de sus límites; que se anticiparon a los tiempos; y en la política, las letras, el arte, la ciencia, y fundamentalmente, la educación, enriquecieron a la patria.

Estas tierras que van desde la cordillera hasta la serranía; que son barridas por el viento Zonda [13] que calcina y el Chorrillero [14] que congela; allí donde es tan cara el agua, y tan presente el sol, se puede escuchar una *chayita* [15] *riojana* que se transmitió desde los abuelos, o una *tonada* [16] querendona que prestigia la música; escucharlas cualquier día, a cualquier hora, y mejor si es en una serenata que despierta al merecedor del homenaje, quien agradece el cogollo, y seguramente bailará una *cuequita cuyana* o un *valsecito criollo*.

Por eso se ha pensado en este manojo de cuentos de la región, para representarla, porque el cuento cala en la esencia misma de los pueblos. Éstos son cuentos de sol, de agua, de familia, de recuerdos, de fantasía, de fe.

ESTA SELECCIÓN

¿Qué metodología emplear para seleccionar cuentos regionales de antología? He aquí nuestra primera dificultad. La variedad y multiplicidad de los discursos nos impide seleccionarlos y sistematizarlos fácilmente.

¿Elegir el cuento tradicional, o el pintoresquista, o el policial, y por qué no el fantástico?

¿Incluir a los autores que han nacido en la región y también a los que sin ser nativos han gestado su obra en ella y dejar de lado a aquellos que se han trasladado a otras zonas del país?

---

[13] *Zonda*: viento enervante y muy cálido propio de San Juan y que se extiende por toda la región.
[14] *Chorrillero*: viento muy frío en la Provincia de San Luis. Lleva su nombre por el río Chorrillo.
[15] *chayita*: Chaya. Su nombre apunta al juego de carnaval con agua, albahaca o almidón, característico de la zona. Es una canción rítmica, con una percusión que se repite siempre igual. Su compás es 6/8. Se acompaña con caja chayera y rasguido de guitarra. Aunque la letra es a veces melancólica, el ritmo, el compás es alegre y fiestero como la chaya.
[16] *tonada*: es la forma de expresión de nuestro montañés. Nació en las clases ilustradas y desde allí se popularizó con notables cambios. Tiene tres estrofas con estribillo y un cogollo a manera de dedicatoria, que el cantor improvisa en cada circunstancia. Según su carácter puede ser amatoria, lírica, épica, patriótica, picaresca. La música tiene una marcada influencia incásica; su letra, en cambio, es muy similar a la romanza de Castilla. Se canta a dúo, o por cantor solista y se acompaña con guitarras y requinto. (Los temas musicales aquí consignados están descriptos por la Prof. Aída Marchese de Poblete, intérprete y autora de temas nativos).

¿Integrarla con figuras consagradas o con autores nuevos o escasamente divulgados? ¿Rescatarlos de un prestigioso pasado literario o buscarlos en el presente?

Si cada región posee un matiz, una modalidad diferente, el artista regional será aquel hombre individual, conocedor de tradiciones y presionado por factores culturales, sociales y económicos que tenga sensibilidad para descubrir ese tono.

Así lo regional aparece tanto en obras que reproducen lo exterior y objetivo como en aquellas que se preocupan por encontrar las eternas esencias de lo humano.

Nuestra antología ha intentado recoger distintas voces de una misma vertiente y reunir cuentos que encierren tipos de relatos, considerando al cuento como surgido de una realidad transformada en símbolos, de una realidad verdaderamente representada en el texto y de una creación artística que agota su significación en sí misma.

LA EDICIÓN

Al iniciarse cada cuento, un asterisco remite a los datos bibliográficos del texto tratado.

La tormenta

Liliana Aguilar de Paolinelli

EL AUTOR

Nació en San Juan, en una familia interesada por las letras y el arte. Es maestra normal egresada de la Escuela Normal Superior de Profesores Sarmiento, en su ciudad natal, y médica graduada en la Universidad Nacional de Córdoba.
Las primeras publicaciones se identifican con una juventud inquieta y reflexiva. Ha escrito poemas y cuentos por los que ha obtenido numerosos premios y menciones.
Reside en Córdoba donde junto con el ejercicio de la medicina y la atención de sus hijos, sigue produciendo su creación literaria.

Obras:

De San Juan y otros poemas (1961); *Canto y Poesías* (1964); *El Olimpo del Ludo* (1971); *Juanete con hombre no caza violines* (1973); *Las aventuras urbanas del Señor Guestos* (1975) y *El hombrecito de la botella* (1978). En este último figura el cuento "La tormenta" elegido para esta antología.

EL TEXTO ELEGIDO

Este es un típico cuento policial de trama sugestiva, planteado en un escenario abierto —la playa— y tres ambientes internos: la comisaría, el departamento de la pareja y el chalet del amigo infiel.

Todos los elementos están ordenados de acuerdo con un plan preciso: cuerpo del delito, arma homicida, denuncia policial, indicios de culpabilidad, sugerencia de los motivos, huida de los sospechosos y tormenta cómplice.

La investigación detectivesca y minuciosa queda para la elaboración del lector.

Un detalle distinto, que aumenta la originalidad, es la presencia de un narrador muy especial cuya identidad se descubre al final del relato. En lengua corriente, con muchos elementos del habla coloquial, relata su periplo tendiente a denunciar el crimen; reflexiona acerca de sus extrañas circunstancias, por momentos en verdadero monólogo interior; apela a un oyente imaginario (*¿te acordás Doris...*) y, gradualmente incorpora los indicios que van llevando al lector al reconocimiento del cadáver.

Este periplo se completa, en el desenlace, cuando cambia la persona gramatical para referirse al muerto.

LA TORMENTA *

En muchas partes he oído acerca de "ahogados". Quien más quien menos nos relata que estaba "bellísimo", otro que era horrible como escuerzo, y así cada uno con su versión.

Cuando yo vi al ahogado en la playa, boca abajo, bebiéndose el océano con sed infinita, tuve la sensación de que la gente exagera demasiado, porque un ahogado es un muerto y éste, bien digo, era el muerto más muerto del universo. Nada más.

La playa silenciosa y la puesta de sol era un espectáculo digno de cualquier funeral. Nadie, salvo yo, había notado la presencia del cadáver en la playita baja de Punta del Dunar, o eso creí, entonces, y me quedé un buen rato mirando extasiado cómo el agua mojaba y remojaba el cuerpo, cómo las olas jugaban con él, meciéndolo rro rro rro. Me acerqué. Un cuchillo clavado en su espalda corroboró mi primera impresión.

La sangre salía a pequeños borbotones y se escurría buscando el declive de la arena. El agua diluía la sangre y la convertía en una delgadísima cáscara rosada desde el cuerpo hacia el borde de arena. La cara del hombre no se veía bien, es decir, no pude verla mejor, de cualquier modo, no la hubiera reconocido dado que yo era un turista más de los miles que invadíamos la playa en esa época del año.

Un brazo había escondido abajo del cuerpo y el otro, cuan largo era, a su costado. ¡Ni que estuviera dormido! Observé con tamaño espíritu de investigación que el cuchillo era de los comunes, casi se diría que no hubo necesidad de afilarlo, y ya en el tema: como los peces no usan cuchillo y los hombres no se suicidan por la espalda, concluí que era un asesinato.

Por fortuna la seccional no distaba mucho de la playita y fui retrocediendo con alguna cautela, creo que en puntas de pie,

* en *El hombrecito de la botella*, San Juan, Editorial Sanjuanina, 1978.

siempre de cara al ahogado y recién[1] al llegar al murallón del puente, comencé a caminar con paso normal. Trepé de un salto hasta alcanzar la pasarela y casi sin ninguna prisa, me detuve a mirarlo. No, no era una pesadilla. Allí estaba.

Posado en la barandilla pude apreciar un detalle que antes me pasó inadvertido: los anteojos. Sus anteojos habían quedado a poca distancia del cuerpo, tan poca, que quizás estuve a punto de pisarlos.

El detalle, que en principio, me pareció de crucial importancia, luego me lo fue pareciendo menos y ya, cuando decidí seguir camino de la comisaría, lo había olvidado por completo.

¡Qué va a hacer uno! Si no lo vi fue porque soy chicato[2] de nacimiento y, de cerca, sin los lentes, no veo "ni mi sombra" (eso es lo que dice Doris, mi mujer, cada vez que sale a relucir el tema).

Del puente a la calle principal no hubo más que un paso. El trayecto incluía un pequeño desvío: entrar al hotel donde nos hospedábamos con Doris, y contárselo. Fue entonces cuando recordé el compromiso contraído con Manolo para ir al teatro todos juntos esa noche. Ya no quedaba demasiado tiempo y supuse que Doris estaría enfurecida por la demora, de modo que pasé frente al hotel con toda velocidad y doblé en la primera esquina.

Al cruzar la calle, vi el escudo en la fachada del único edificio de dos plantas y el guardia en la puerta. *Buenas tardes*, pero debió ser por el frío que ya se anunciaba o porque los guardias no saludan a nadie, no devolvió mi saludo.

Traspasé la puerta principal y cuatro internas *"Oiga, agente, vengo a denunciar un asesinato. Mire, yo lo único que quiero es informarles que he visto un tipo muer... SE DAN CUENTA QUE ES UN CRIMEN ALEVOSO Y...* maldito el apunte que me llevaron. O estaban sordos o se hacían los idiotas, el caso es que traspuse nuevamente las cuatro puertas internas y la principal, ya ni saludé al guardia y si la mismísima policía no se daba por enterada, a quién diablos le iba a contar lo que sabía.

Sentí la tremenda necesidad de volver a la playa. Doris no tenía más remedio que esperar.

Acomodé lo mejor que pude el muñón izquierdo (un accidente como cualquiera tiene uno en la vida, sólo que éste me dejó sin brazo) y caminé con rapidez, diría yo, eché a correr en

---

1 *recién*: uso frecuente, aunque no académico del apócope en el adverbio recientemente.
2 *chicato*: vulgarismo por corto de vista.

dirección al puente, como si el muerto pudiera escaparse. Pero no. Allí estaba tal como lo había dejado. Creo que si no se hubiera tratado de algo tan macabro, en verdad sería un espectáculo muy hermoso: aquel cuerpo tendido con tanta paz, con tanta frescura, con un sol que ya no era sino una sola raya horizontal abierta sobre el mar para señalarlo...

Quedé un rato pensando en mi dilema: no podía irme así, tan tranquilo y dejar el muerto librado a su suerte, ni sabía a quién recurrir.

Ensimismado en tan profundos pensamientos, noté, tardíamente que una pareja me había estado observando todo el tiempo, y ahora, se alejaba a gran velocidad, ambos tomados del brazo y cuchicheando entre ellos. Entonces me invadió la desesperación porque, alguien que vuelve al lugar del hecho como si en realidad le importara, ¿quién es? EL ASESINO, no cabe duda. Por otra parte, me habían visto realizar los movimientos más sospechosos e inquietantes que pueda llevar a cabo una persona en estado de culpabilidad. ¿Y SI DAN AVISO A LA POLICÍA? Porque a mí podrían haberme ignorado, pero dos testigos...

Entre qué hago, qué no hago, le largué una nueva y profundísima mirada de respeto al cuerpo yacente, vaya a saber por qué y salí del puente como alma que se la lleva el diablo...[3]

Doris. Sí. Exactamente iría al hotel y le contaría a Doris.

Pero en el cuarto del hotel no había nadie. Sólo una nota para el personal encargado de la limpieza con un dinero en calidad de propina.

Creo que en ese instante olvidé al muerto para sorprenderme: ¡si aún faltaban cinco días para terminar nuestras vacaciones en Punta del Dunar!

De pronto, como una luz, recordé el teatro. Y a Manolo, mi amigo de infancia cuya presencia en aquella ciudad balnearia había hecho posible nuestras vacaciones. Entonces decidí llegar hasta su chalet, no demasiado lejos del hotel, ni del muerto, ya que debería pasar nuevamente por ese lugar, maldita la gracia que me hacía.

La noche me acompañó como si hubiera sabido de antemano el desenlace. Una neblina intensa comenzó a cubrir el cielo y la tierra, y los nubarrones del Sur indicaron la tormenta próxima.

El chalet estaba a oscuras y por más que sacudí el timbre, las palmas y me desgañité gritando, nadie salió a recibirme. Di la vuelta por la entrada de servicio: estaba abierta. Con más

---

3 *como alma que se la lleva el diablo*: rápidamente y con terror.

terror que sigilo porque además de lo que ya estaba sabiendo, lo que hacía era ni más ni menos que una violación de domicilio, entré.

Pero allí no pasó nada: la casa algo revuelta, alguien con mucho apuro, seguramente. Calcetines en el living, lo cual no me extrañaba en la casa de Manolo, un soltero con pinta y plata (¿te acordás, Doris? Yo siempre dije que Manolo iba a terminar mal), los discos desparramados sobre el sofá, dos vasos de whisky en la alfombra mullida y mis anteojos...

Mis anteojos, sí, caramba. Mis anteojos dejados en el hotel, no en la casa de Manolo.

Entonces me fui a la habitación: la cama estaba desarmada, nada raro por cierto, pero la alfombra adornada con enormes flores rojas de sangre.

Me puse blanco. Ya ni terror sentí. Sólo asco, vergüenza y rabia. Salí.

No sabía qué hacer ni adónde dirigirme. Al llegar al puente me detuve pero ya no miré el cadáver, que pienso seguirá solo, solo hasta que mañana la policía descubra el hecho. Recuerdo la pareja que vi alejarse con gran velocidad de allí, ya no cabe duda. La tormenta arrecia, el agua corre cenagosa por todos lados es una lluvia infernal con viento y todo. Me quedo muy quieto, inerme y ahora sí miro al muerto más muerto del universo que no es ni feo, ni lindo, ni escuerzo. Me miro a la distancia y pregunto por qué.

Dejo que el oleaje venga y vaya, me moje y me remoje, que la tormenta me empuje más allá, más acá, que la arena trague toda mi sangre o se diluya en el agua. Aprieto contra el cuerpo mi muñón izquierdo para que la gente crea que he caído con el brazo doblado. ¡Que tengan buen viaje! Yo ya he partido hacia otros rumbos.

PROPUESTAS DE TRABAJO

1. El cuento policial

El cuento policial parte de un enigma y se desarrolla sobre la base de los acontecimientos que lo integran. El crimen se presenta como punto de partida de ese enigma y los hechos que componen el cuento llevan a la solución que constituye una prueba de agudeza.

Características:
- *Tiempo:* (no coetaneidad) a partir del crimen se retrocede hacia el pasado. Se intercalan episodios coetáneos al hecho del crimen e incluso posteriores a él.
- *Personajes:* ante el hecho, todos los personajes relacionados con él, son posibles criminales. Edgar A. Poe introduce al detective como medio técnico para la solución del enigma.
- *Narrador:* presenta índices, que aparentemente son hilos sueltos que no aportan elementos significativos, pero que relacionados llevan al descubrimiento del culpable.

a) Organizar una narración con tiempo cronológico, con los mismos protagonistas de este cuento y que culmine con el crimen.
b) Señalar los índices que llevan al descubrimiento del enigma y organizarlos según sus implicancias.
c) Preparar un listado de obras policiales (cuentos o novelas). Consultar *Historia de la Literatura mundial: la narrativa policial*, Buenos Aires, C.E.A.L., 1971.

El Loco Rogers

Luis Ricardo Casnati

"—¿Quiere las tres?

—No... Una, nomás.

—¿Cuál, pues?..

—No sé...Cualquiera."

EL AUTOR

Habla Luis Ricardo Casnati:

"Llevo escritos diez libros; de ellos, nueve son de poesía, y uno de cuentos. Escribí versos, con la intención de que pudieran alcanzar la poesía, desde los quince años. Los títulos de los libros editados, a partir de 1965, son: 'De Avena o Pájaros', 'La Batalla de Oro', 'Cantata a Dos Voces', 'Aquel San Rafael de los Álamos', 'Madera de Algarrobo', 'Ba lanzas, Cabras y Gemelos', 'Amo, Luego Existo', 'La Hilandera' y 'Tiempo en el Tiempo'; los últimos cinco están aún inéditos. He obtenido con ellos primeros premios, ya sea municipales, regionales, nacionales o internacionales. En 1979 decidí escribir prosa, y en algunos meses (en los últimos tiempos con cronómetro, a un cuento por semana, pues deseaba llegar a tiempo para presentarme al concurso Emecé) compuse las 'Historias de mi Sangre', con las que obtuve el Premio Emecé 1979-1980, que significaba la publicación del libro. De ese volumen es 'El Loco Rogers', incluido en esta antología.

Pienso que la poesía y el cuento son géneros muy próximos; ambos participan del espíritu de síntesis, que otorga la tensión propia de estas formas literarias. En ambos hay que prescindir de todo pedúnculo secundario para aprehender la substancia. Su general brevedad permite la lectura de una sola vez, sin etapas ni pausas; de este modo la emoción, la sorpresa y el deslumbramiento llegan de un golpe, planificando y gratificando al lector con lo cerrado de su carga estética, que es el objeto del arte. Creo además que estos dos géneros, por su misma brevedad y concisión, se adecuan a la perfección con el espíritu urgente de nuestra época, que suele no dar tiempo para las largas y morosas disquisiciones.

Opino que cada tema, situación y personaje han de tener su propio idioma, su propio ajuste verbal. Cotejando los distintos momentos de mi libro, se advierten aquí y allá, y ajustados al caso, lenguajes cínicos, o extendidamente metafóricos, o austeros, o ampulosos o irónicos, o graves, o exultantes, o melancólicos. Creo que cada uno está donde corresponde. De todos modos, he querido muy voluntariamente que campee sobre todos ellos la máxima dignidad expresiva, porque pienso que el lenguaje es un medio sagrado, la más alta y digna comunicación entre seres pensantes, y no tolero los coqueteos con la vulgaridad, la torpeza y la grosería. Aspiro al respeto entre los hombres, y el respeto comienza por la forma en que se dirigen unos a otros."

EL TEXTO ELEGIDO

El destino de un hombre vencido por el medio, por la pobreza y por su propia indiferencia es el tema de este cuento ambientado en los límites de la Cordillera de los Andes.

Rogers, Roller o Roofyear —un halo de imprecisión envuelve a todo el cuento, incluido el apellido del protagonista— es un hombre de ciudad que llega a esas lejanías atraído por el incentivo de un rápido golpe de fortuna para así regresar a la civilización, dejando atrás la pesadilla, y *vivir entre burbujas de champaña.*

Pero este ser, quizás marcado por antiguos dolores, se enraiza en esa tierra árida, seca, estéril; va de frustración en frustración hasta transformar su existencia en un puro vivir por haber sido puesto en la tierra.

Es el hombre que acepta su destino oscuro, protagonista de una vida sin brillo ni sonrisa. La naturaleza, aparece aquí, como fuerza actuante y determinante de la especie y sus modos de vida.

Los elementos regionales están presentes en la descripción de mitos, costumbres, usanzas que se anteponen en su presente, a recordadas magnificencias cosmopolitas.

El leit-motiv del padrinazgo presidencial y las violetas Príncipe de Gales simbolizan la evocación de un pasado brillante, cada vez más lejano.

Señalamos el uso de un lenguaje metafórico, con abundancia de elementos hostiles, propios de aquella naturaleza bravía, y abundancia de comparaciones, recurso que emplea con gran eficacia.

El desenlace mágico pone un tinte de luz y esplendor en medio de tanta opacidad.

EL LOCO ROGERS*

Su apellido era Rogers o Roller o Roofyear; el nombre no lo supe nunca; lo llamaban *El Loco*. Conocí su historia por mentas de mi padre, que solía traerlo a la memoria en las largas veladas de invierno, junto al fuego, cuando desfilaban por su voz los muchos recuerdos de sus mocedades camperas.

Nadie sabía cómo había ido a parar allí. Eran tierras ásperas, primitivas, bravías, del límite del país y del confín sur de la provincia. El contacto más directo con algo que quizá mereciera el nombre de pueblo estaba a cinco densas jornadas de buena cabalgadura. Más accesible y sencillo resultaba atravesar la cordillera y relacionarse con Chile. Allí se vendía la hacienda, y se legalizaban en el verano (civilmente y alguna vez con el asperjado de los santos óleos) nacimientos, matrimonios y muertes. Avatares éstos que se cumplimentaban durante las otras estaciones según las leyes naturales, espoleadas en frecuentes oportunidades por persuasivo acicate de daga o revólver .El clima era riguroso. La nieve solía aislar estancias y puestos semanas enteras. Esta perentoria reclusión eliminaba en buena medida las distracciones que (por rudos que sean) implican la existencia de los trabajos rurales. El ocio forzado abonaba y azuzaba las pasiones.[1] Que con distintos nombres planeaban sobre las primarias criaturas pastoriles de este olvidado pliegue del planeta. Donde uno de los tantos era *El Loco* Rogers.

Era de mediana estatura, frente despejada, ojos celestes, cabello entre cano y rubio, y con una de esas caras rojas que suelen darse tanto en los vascuences como en los nórdicos, y que pasan sin transición del carmín al albayalde. Jamás habló

---

* Texto facilitado por el autor.

1 *El ocio forzado abonaba y azuzaba las pasiones. Que con distintos nombres...*: obsérvese la particular manera del autor de usar el punto final con lo que quiebra la unidad oracional formada por la proposición principal y la subordinada.

de antecesores ni de raíces gentilicias. La ambigüedad racial se acentuaba por la cambiante ortografía con la que asentaba su apellido y por el tozudo silencio sobre su origen. Tal vez la certeza de la posesión de una culpa, de él o de su clan; tal vez negarse a deber nada a nadie; tal vez un sentido de prosapia caído en minusvalía. Sólo un señuelo hacía flamear que significaba una pista valiosa para la investigación de su inviolable pasado: cuando su bautismo, en Buenos Aires, había sido llevado en brazos por Manuel Quintana [2] (el suntuoso presidente de levitas cortadas en Londres) [3] y el camino desde el portal de la iglesia hasta el altar estaba cubierto de violetas. Y no de violetas sencillas o silvestres, sino (cualidad que él se solazaba en remarcar) violetas Príncipe de Gales. [4] Ésta era su riqueza en su pobreza, y el único hijo hacia atrás que tremolaba. Su destino y su vida colgaban de ese hilo; lo usaba como talismán, como sésamo, como llave maestra; y lo vivía como una obsesión o una manía. No había conversación o relación o dificultad o detalle de trabajo de cualquier naturaleza donde él no entreverara una comadre o una novillada de pelo o un velorio inminente con Manuel Quintana y las famosas violetas. Fue esta idea fija la que le valió el mote de *El Loco*.

Esas tierras del sur gozaban de equívocos prestigios. En primer lugar, fosforecían de viejos magicismos, acribilladas en toda dirección por mitos, supersticiones e infracciones a lo que un juicio como el nuestro consideraría racional. En segundo lugar transponían vernáculamente (bien que con acentos bárbaros) la leyenda del doctor Fausto. [5] Pues a cambio de la soledad (y tal vez de la muerte) se podía enancar la fortuna. Sin los inconvenientes de las largas esperas y paciencias de los cautos. Todo consistía en hallar y desenterrar un "tchenke" o tesoro indio, siempre abundoso de plata. O sufrir un prudente lapso, a pie de cordillera, invernadas y veranadas sobre las tiernas vegas que como ojos verdes se abrían en el rostro de piedra de ese suelo mestizo para después mercar la hacienda en Chile. Eso no daba plata: daba oro; que se le parece, pero es mejor. Si era un golpe

---

2 *Manuel Quintana*: (1835-1906) Jurisconsulto. Político y Estadista argentino. Fue profesor universitario, diputado y senador. Elegido Presidente de la Nación en 1904 desempeñó este cargo hasta su muerte.
3 *de levitas cortadas en Londres*: referencia a las costumbres europeizantes de la generación finisecular argentina.
4 *violetas Príncipe de Gales*: variedad de violetas un poco más grandes y oscuras que las comunes.
5 *doctor Fausto*: personaje legendario en el cual Goethe se inspiró para componer su famoso poema dramático. Goethe lo representó como un anciano doctor que vende su alma al diablo a cambio de la juventud y el placer.

a lo César [6] (Llegó, Ganó y Se Fue) en un breve escamoteo del tiempo la venturanza estaba hecha. Y se podía regresar a las ciudades, a la iluminada blandura del mundo. Atrás quedaba la pesadilla olvidable, y adelante, entre burbujas de champaña, los carruajes elásticos de tronco anglo-normando, los chalecos de piqué con botones de nácar, las óperas de Italia, las mujeres con sedas, con sombrilla y frou-frou.[7] Que ocultarían para siempre los vientos de diez días seguidos, barrenderos con rabia de las tierras llanas y vedadores de cualquier destino agrícola; las soledosas y taciturnas criaturas ignorantes de hasta la cristiana silla de cuatro patas; los techos de quincha, los galgos puntiagudos, las ristras de ajos colgadas de los dinteles de palo para alejar las víboras nocturnas; la monofaena satélite de vacas y cabras y yeguas, cuya única variación era el cíclico y elemental calendario de parición, engorde, traslado y venta, matizado pirotécnicamente con la yerra, oscuro y chamuscado homenaje a algún Vulcano [8] zaino y cruel. Que ocultarían para siempre el solo y eterno plato de carne asada, y la tentación también eterna del dilatado vino de las pulperías, pasaporte de olvido que aguardaba a todos o a casi todos los demorados y desengañados, como una gran tarántula. Que picaba sin que lo advirtieran, cada vez más fuerte, hasta rodear sin remedio al condenado con la mortaja de su telaraña.

Telaraña que aprisionó, con hilos duros como tientos, también a *El Loco* Rogers. Primero había tenido su tropilla. No era de un pelo,[9] sino de harta mixtura, pero cuidada y decente. La adquirió con fortuita habilidad, increíble en un pueblero huérfano de los modos y astucias del campo. En esto distrajo la mayor parte de sus posibles, traídos en una valijita marrón. Con el resto arrendó un viejo puesto cercado por corrales de piedra. Arrojó la valija a la salvaje correntada del río aborigen y se dedicó a esperar. Jamás se supo qué había arrojado con la valija al río. ¿Un nombre, un pasado, la persecución de unas horas marcadas? ¿Un avispero de recuerdos que también habían de ahuyentarse, como las víboras con los ajos? Lo cierto

---

6 *Cayo Julio César*: (Roma 100 al 44 a.C.) estadista y general romano. Han pasado a la posteridad sus palabras: *veni, vidi, vici*, con la que participó a su amigo Anicio su rápida victoria sobre el Rey Farnases, en las llanuras de Zela.

7 *frou-frou*: voz onomatopéyica francesa que designa el ruido que produce el crujido de las hojas o de las ropas.

8 *Vulcano*: antigua divinidad romana ligada de algún modo con el fuego.

9 *No era de un pelo*: la literatura gauchesca destaca la predisposición de nuestros hombres de campo a reunir tropilla de un solo color de pelo, la que, lograda, daba categoría.

es que se sentó. Y no en canapé ni sillón de Viena,[10] sino en una cabeza de vaca. Y sus dos peones (uno de los cuales fue nombrado desaforadamente capataz) iban y venían de las vegas de veranada a los corrales del puesto, y de los corrales del puesto a los campos de invernada. Pero la prosperidad de "Rogers y Rogers" (así bautizó, no sin cierta ironía, su establecimiento ganadero, como si él sólo pudiera asociarse o aliarse consigo mismo) fue un fantasma burlón que sólo habitaba las mientes de este caballero que montaba por la derecha[11] (al menos en los primeros tiempos del sur) y que ya había sobredorado las exiguas conversaciones deparadas a los lugareños con esas volanderas entelequias que significaban Manuel Quintana y las violetas Príncipe de Gales.

Porque eso eran para estos rústicos por nacimiento o adopción: entelequias o calabazas vacías. De presidentes, sólo conocían a algunos chilenos de la época, celebrados ruidosamente en las vastas borracherías del 18 de septiembre;[12] argentinos, meros y ralos nombres sepultados en la historia; de la investidura presidencial poseían una confusa noción, producto de sospechas burocráticas ayuntadas con un secular sentido áulico y lujoso de la administración. ¿Violetas? Ni la flor ni el color figuraban en los registros del saber o la memoria. Ahí no había flores, por lo menos según el entendimiento bucólico o ciudadano; la flora autóctona, injuriada por la erosión y esa dureza del aire de primera edad geológica, mostraba ejemplares resentidos, achaparrados; su floración se reducía a botones casi pétreos, de colores desvaídos y terrosos. De modo que las alusiones principescas de *El Loco* Rogers se estrellaban contra la indigencia conceptual de sus convencinos. Que a él no le importaba, o parecía no importarle. Como que en definitiva citaba las muletillas de su hablar no para enterar o compartir, sino para escucharse y afirmarse y alegrarse con esa afirmación.

Y cada vez más inmerso en su manía, para *El Loco* empezaron a estirarse los años. Descartado el golpe inmediato y con él la única forma de regresar indemne, se continuaba concediendo plazos. Pero ya desganados e indiferentes. Algunas veces parecía que no todo sería siempre espeso y difícil y que la vida podía amagar una sonrisa; el viento parecía menos despiadado,

---

10 *sillón de Viena*: designase así a las famosas sillas y sillones con brazo de madera curvada, asiento y respaldo de mimbres finos entretejidos con una trama característica. Fueron factibles desde el punto de vista tecnológico gracias a la invención de la curvatura de la madera inventada por el industrial alemán Michael Thanet.
11 *montaba por la derecha*: el hombre de campo diestro en el manejo del caballo monta siempre por la izquierda.
12 *18 de Septiembre*: fiesta nacional chilena.

la gente menos torva, la tierra menos hostil; entonces él desplegaba su tónico verbal casi desprovisto de amargura, con un gesto que podría haberse tomado como envuelto en módica esperanza. Pero tales anchuras de ánimo se daban rara vez; la cifra dominante era un cansado escepticismo, que por planos tristemente inclinados iba a conducirlo (él lo sabía o lo intuía) a la negación y a la nada.

Cuando se afirmó en la certidumbre de que no había escape, ideó sellar su destino de manera elocuente y simbólica: casándose. Lo determinó con abulia, con fatiga, con cinismo. El verbo precedió al sujeto, al revés de lo que sucede con los hombres libres. Porque su decisión no implicó la preexistencia de una cercanía afectiva, o siquiera una atracción o una concomitancia de pieles; fue un arbitrio despegado de las fuerzas morales o animales, de seco ajuste intelectivo, como una transacción, una apreciación barométrica o una selección utilitaria. Y oteó la vecindad sin apuro, como cuando andaba en pos de novillos de porte para afinar su hacienda. Cierto que aquí depositó menos interés y cuidado. Ya no lo habitaba ninguna ilusión. Su matrimonio sería un acto solitario.

Localizó la posibilidad de su resignada mudanza en las terneras con cuero de un 25 de Mayo. Fecha novedosa (aunque no para él) que un gringo les había enseñado a festejar. Ahí estaba esa casi categoría gregaria, que parecía una familia; el patrón, un zambo chileno grandote y lacio; la mujerona, una mapuche en estado nativo, que jamás pronunciaba una palabra, y las tres chinitas, vestidas de colorinches y con cueros crudos atados en los pies a guisa de calzado. No eran de rasgos torpes. Eligió mentalmente la del medio. De las tres desgracias, era la que más gracia tenía. Se bebió, se gritó y se bailó. Bailar es un decir; se movían atropellándose, duros como de madera; los hombres estaban ebrios o semiebrios. La celebración duró una semana. Rogers bebió con el padre, mateó con la madre y bailó con las tres, sin mostrar preferencia. Al despedirse, tiesos de cansancio, de hastío y de alcohol, ofreció visitar el puesto. No explicó y no se precisaba explicación.

Fue homenajeado con charqui de guanaco, y con *quirquincho* comido en su caparazón con cucharas de hueso; el exceso de grasa llamaba parejo al vino; el postre fue ginebra. A media tarde todos los ojos estaban turbios; entonces, en un facilitado aparte, él habló:

—Don Riquelme, tengo tropilla.
—Conozco.

—No es de un pelo, pero se defiende; más de sesenta vientres prometedores.
—'Ta güeno. [13]
—Y como le habrán llegado noticias, soy bautizado en Buenos Aires.
—Buenos Aires es lejos; tal vez más allá del mar; yo soy de Rancagua. [14]
—Y supo ser [15] mi padrino Manuel Quitana.
—No conozco a Quintana.
—Y el camino estaba lleno de violetas. Violetas Príncipe de Gales. En fin.
—...
—Don Riquelme...
—Ah.
—Hace ocho años que ando por estos pagos; que yo sepa, no tengo enemigos.
—Ahá. [16]
—Sabe, don Riquelme, no es bueno estar solo.
—No, pues.
—Y he pensado en casarme.
—Ahá.
—Y como usted tiene tres hijas...
—Claro, pues.
—¿Y qué me las daría, don Riquelme?
—¿Quiere las tres?
—No... Una, nomás.
—¿Cuál, pues?
—No sé... Cualquiera.
—'Ta bien; [17] la mayor, entonces.
—Vea, don Riquelme, me da lo mismo.
—Sí, la mayor, pues.
—Bueno, ¿y qué me le daría?
—Tengo unos caballetes...
—Ahá.
—...que podrían ir con la montura.
—¿Cuántos, don Riquelme?
—Y, capaz que hasta cinco.
—Tendría que acompañarlos con unos yeguarizos, pues.

---

13 *Ta güeno*: expresión rural, en lugar de está bueno.
14 *Rancagua*: ciudad chilena cercana a Santiago capital de Chile.
15 *supo ser*: expresión vulgar: el verbo saber aparece usado en lugar de soler.
16 *Ahá*: equivale a ¡ajá!, interjección familiar que se emplea para denotar aprobación.
17 *'Ta bien*: apócope de está bien.

—Ahá. Pero no más de ocho.
—Quince, don Riquelme...
—Doce y no hablar más.
—Está bien.

Y quedaron en silencio los dos hombres. Uno rumiaba su negocio; el otro su derrota y su vergüenza; el destino le mostraba un lazo, y él se lo ajustaba al cuello con sus propias manos. El zambo se dirigió con un chistido a su mujer, que aguardaba callada en la penumbra del extremo de la estancia. "Llame a la Escrofila". Al instante entró la muchacha; evidenciaba carencia de sorpresa. Se había blanqueado la curtida piel con polvos de cal, y teñido las ojeras con carbón. Rogers, de espaldas, ni se movió ni giró la cabeza.
—Escrofila, se va a casar; ya arreglé con don Royer.
—Sí, pues.
—Así que salúdelo a su novio.
—Sí, pues.

Y la muchacha estiró un lento brazo, con una mano incómoda y fofa. Él dio la suya sin mirarla "Vaya, nomás". Y salió la prometida a paso cansino, toda inexpresión y fatalidad. Rogers pensaba que las tres rapazas se habrían igualmente aderezado; pensaba que hubiera preferido la del medio, pero que en definitiva qué más daba; y, repentinamente lejos, pensaba en Manuel Quintana y las violetas.
—¿Y pa' cuándo [18] sería, don Royer?
—¿Ah?
—Digo que pa' cuándo sería la cosa.
—Ah, sí; cuando quiera, don; no hay urgencia.
—Tal vez pa'l 9 de Julio; [19] van a haber otras terneritas...
—Tal vez.

Siguieron bebiendo, sin palabras. Cuando vio venir la oración, Rogers se paró como pudo y se fue. No se despidió de nadie. Poco distinguían sus ojos celestes. Riquelme se había dormido.

Llegaron julio y las terneras. Bebió tanto esos días (quizá para cegarse a lo que él mismo se había preparado) que todo fue agrisándose y perdiéndose en el mismo embudo de sueño: terneras, guitarras, alaridos de entusiasmo o pendencia, Riquelme, la Escrofila, frituras, lomo de mula, nieve, tormenta, fuegos, caminos. Despertó en Chile. A su lado estaban la Escrofila

---

18 *pá cuando*: expresión rural apocopada, en lugar de para cuando.
19 *pa'l 9 de Julio*: expresión rural apocopada en lugar de para el 9 de Julio. fecha patria argentina.

y Riquelme. Éste le mostraba unos papeles con sellos. "Está casado, amigo; ya puede volver al puesto con su mujer". Y en su puesto lo dejó Riquelme; en todo el trayecto se hablaron quince o veinte palabras, todas referidas a comida y caballos.

Lo demás es ceniza. Él fue sobando su desgracia lenta y sombríamente, como un cuero. Engendró varios hijos, con aburrimiento y con indiferencia. Al final creía que eran seis u ocho; creía quererlos; creía que eran de él. Su mujer tampoco hablaba, como la de Riquelme; a ninguno de los dos los vieron más. La hacienda comenzó a mermar. A los pastos los comía el salitre. Las aguadas eran un fango nauseabundo y amargo. En Chile se pagaba poco. Y la propia tierra sólo era pródiga en sequía, bandidos y abigeato.

Rogers envejeció, ahora también por fuera. Armonizó al fin el pelo blanco y las arrugas penosas con el secadal interior. Ya no se iluminaba ni cuando les repetía por milésima vez a sus hijos el cuento (porque a esta altura nadie creía en su veracidad) de Quintana y las violetas.

Un día como otros, murió. Lo velaron envuelto en un poncho de Castilla,[20] negro como su avaro destino. En una botella sin cuello de tosco vidrio verde alguien se había comedido a poner unas indiscernibles flores artificiales. Medio parecidas de forma a las calas, pero de un color avinagrado y polvoso. Tres cirios de sebo y una desmañada cruz hecha con dos ramas de alpataco completaban la pompa de las honras fúnebres

Dos o tres viejas, a más de su mujer, cabecearon toda la noche, doblegadas menos por el sueño que por el anís. A la mañana siguiente, espantadas, contemplaron el poncho del muerto cubierto de manojos de violetas. Frescas, lozanas, enormes. Como las que podría pisar en el esplendor de la nave de un templo algún antiguo y bizarro Presidente de la República.

---

20 *poncho de Castilla*: poncho llamado así, seguramente, por haber venido de Castilla las primeras ovejas que llegaron a Chile. Se llamó y se llama así a los ponchos de lana de oveja.

PROPUESTAS DE TRABAJO

1. Seleccionar las construcciones lingüísticas usadas para presentar la antinomia ciudad - campo.

2. Transcribir los casos donde se pone de manifiesto la particular manera del autor de usar el punto final en relación con la oración compuesta. (Ver nota 1 del texto).

3. Destacar: a) los rasgos de influencia chilena que aparecen en el cuento; b) las comidas típicas mencionadas; c) los símiles y metáforas motivados por una naturaleza hostil.

4. Describir un pedido de mano ubicado en la misma época, en un ambiente de ciudad, e ilustrarlo gráficamente.

Cínico y ceniza

Antonio Di Benedetto

"—Justo lo que el cura, único que me habló, consistió en decirme: 'De muerte natural'. Claro; no deforma...".

EL AUTOR

Nació en Mendoza el 2 de noviembre de 1922; su infancia transcurre en Bermejo, un lugar que se parece al nombre y que el autor evoca con tierna nostalgia. Inicia estudios de Derecho en la Universidad Nacional de Córdoba, que luego interrumpe por la pasión periodística. Desde 1945 trabajó en el diario Los Andes *de Mendoza en el que llega a subdirector.*

Es organizador de la filial Mendoza de la Sociedad Argentina de Escritores y miembro fundador del Club de los XII (hoy de los XIII), prestigioso cenáculo de intelectuales; fue profesor de la Escuela Superior de Periodismo de Mendoza.

Becas en el exterior:

- *Gobierno de Francia para estudiar en París.*
- *Guggenheim, en Nueva York como creador de libros de imaginación en prosa.*
- *Fundación Mac Dowell para escribir en los Estados Unidos.*

Actualmente reside en España.

Obras:

Traducidas a muchos idiomas ha obtenido importantes premios literarios, otorgados por jurados tan significativos como Borges, Mujica Lainez, Marechal, Roa Bastos y García Márquez.

Ha publicado: Mundo animal *(1953);* El Pentágono *(1955);* Zama *(1956);* Grot *(1957);* Declinación y Ángel *(1958);* El cariño de los tontos *1961);* El Silenciero *(1964);* Los suicidas *(1969) y* Absurdos *(1978).*

De su libro de cuentos Absurdos, *hemos seleccionado* Cínico y Ceniza *para esta Antología.*

EL TEXTO ELEGIDO

Dos palabras muy sugeridoras —un adjetivo y un sustantivo— que aluden al personaje y al ambiente, sirven de título a este cuento que es, en última instancia, la historia de una amistad.

La muerte de Luciano desencadena recuerdos olvidados y permiten al narrador, mediante una búsqueda en su interior, interpretar sus experiencias vivenciales con lucidez.

Abundan las preguntas retóricas que lo ayudan al desdoblamiento entre la imagen que él cree ser y la que, en realidad, es. Gran parte del cuento es una larga introspección: un yo que ausculta su corazón y se confiesa. En este juego, las circunstancias temporales se atropellan: un pasado lejano evocado a través de las imágenes inocentes de la niñez, la ceniza; un pasado, casi presente, donde el protagonista frente al remordimiento se juzga y se acusa, el cínico; y un presente en el que se despoja de su máscara y se encuentra consigo mismo a través de la amistad.

La promesa hecha al amigo desaparecido y el arrepentimiento frente a una amistad traicionada, llevan al narrador a los lugares donde se celebró el juramento y es allí, entonces, cuando encuentra los indicios que convierten a este relato en un cuento policial de final abierto.

CÍNICO Y CENIZA *

Llovía, no agua; llovía, no nieve: ceniza.
Era una especie de lluvia seca, que apagaba la luminosidad de las cosas y daba a las distintas horas del día cierto uniforme tono crepuscular.
Costumbre temible que habían tomado los cielos, la de cernir esos grises residuos del fuego y esparcirlos, con ayuda del viento, como una oprimente melancolía general.
Miedo y perjuicio padecíamos todos: los del sur y nosotros, los del norte.
Allá, más cerca del volcán, más bien era pánico: se les desplomaban los techos, se borraban las aguadas, morían los pastos y el ganado. La gente huía.
A la búsqueda de aire puro, mi padre nos sacó de la ciudad. Quedamos instalados en una decorosa vivienda rural, dentro de unas parcelas urbanizadas, para familias medianamente acomodadas.
De la erupción del Descabezado,[1] año 32, creía conservar solamente esos recuerdos.
La muerte de Luciano ha dado vigencia a otros.
Yo, que me considero un animal dañino, puro impulso de los sentidos; yo, negativo y negador, he regresado a recelosos pensamientos místicos.
He venido al tercer día, como estaba jurado. La inscripción, por mano de Luciano, está.

* * *

* en *Absurdos*. Barcelona, Pomaire, 1978.

1 *erupción del Descabezado*: volcán de la Cordillera de los Andes en el sur de Mendoza que en abril de 1932 entró en erupción arrojando ceniza que, transportada por el viento llegó hasta Río de Janeiro y la costa occidental del Africa.

Fui al velatorio. Se corrió un "¿Cómo se atreve?...", pero solapado, sin coraje.

Emilia, vestida de negro, de un negro lustroso y por consiguiente llamativo, se sorprendió de mi presencia, aunque no ingratamente (me lo comunicó su mirada).

Con mi descaro, que en el fondo algo podría admitir de transfiguración de un poco de pena, remordimiento y penitencia, me incliné sobre el vidrio ovalado para mirar en la caja. Estaba tal cual.

Justo lo que el cura, único que me habló, consistió en decirme: "De muerte natural". Claro, no deforma. Algo enfermizo me pareció, ya que le había mudado el color de la tez. No perfectamente "tal cual". Hasta se le habían desprendido unos mechones, lo que no era muy agradable presenciar. De todos modos, la merma de pelo podía pasar: cuestión de edad, aunque, a la de él, era temprano. Yo no podía juzgar: no lo había visto durante mucho tiempo.

El sacerdote era el mismo de la parroquia de nuestra infancia, ¡y pensar que yo suponía tan lejana la niñez!...

No me arrinconaron, en el velorio, los enconos ajenos, sino mis propias memorias: de la escuela, donde un guardapolvo blanco era Luciano; de la iglesia, a la hora de la doctrina, como si resurgiera en la yema de mis dedos el tacto de la madera sobada de los bancos.

Memoré las misteriosas conversaciones de la siesta, el pacto. "Si tenemos un alma que va a durar, si hay otra vida, el que muera primero tiene que avisarle al que quede."

"Si hay otra vida..." ¿Es que acaso dudábamos? No, si hasta nos asustaba la idea de que no hubiera, porque representaría el morir, morir de veras, cesar de gozar todo, sin compostura ni otra oportunidad. Eran desplantes —míos, yo propuse el pacto y el mensaje— copiados de mi alocado y deslumbrante tío, que los domingos venía de la ciudad, de visita, y nos dejaba el cariño e influencias para toda la semana.

Yo quería sobrarlo, a Luciano. Siempre quise. (Cuando él, sin ostentación ni vanidad, me sobró en todo, en la vida, le quité por un tiempo a la mujer.)

Habíamos pronunciado otras promesas —de lealtad, de fraternidad, "por la eternidad"—, besando símbolos, sangrándonos un brazo e intercambiando nuestras sangres. Pero este voto recíproco pasaba a ser superior a todos los juramentos, porque nos remitía fuera de la existencia común.

¿Cómo cumplirlo? Decidimos que tenía que ser con una inscripción en la lava. Que no era lava, sólo ceniza endurecida.

Preferíamos darle ese nombre porque nos habían contado "Los últimos días de Pompeya".[2]

La ceniza se negociaba, por monedas, de puerta en puerta. Eran épocas de crisis y abundaban los menesterosos. Caía dondequiera y podría suponerse que bastaba recogerla. Sin embargo, no servía si provenía de la superficie, pues se malograba por la mezcla con tierra. Únicamente si formaba un cenizal alto, o profundo. El mejor yacimiento resultaba el relleno de un pozo, si se extraía con cuidado de no adulterarla con el polvo de las paredes.

Se le daba el uso doméstico del puloil,[3] para limpiar metales. Pero resultaba tosca y se comprobó que gastaba los cubiertos y mellaba el filo de los cuchillos. Decayó la compra por las amas de casa y quedaron en abandono vastas depresiones de los terrenos incultos, colmados de la muerta materia venida del aire.

De impalpable que parecía cuando volaba o hacía su descenso, almacenada en las fracturas de la naturaleza, se aglomeró, se apretujó entre sí, tomó espesura, se volvió compacta. Sobre su costra pareja podíamos dibujar, con palitos o estacas, nuestras quimeras y bajorrelieves. Perduraban.

* * *

He vuelto. ¿Hacía falta detenerme en casa de Luciano? No es forzosamente aquí donde debe empezar el pequeño viaje que me he propuesto. Sólo que percibo que prefiero un previo repaso. ¿De qué, de quién? ¿De Emilia o de la tendencia de mis instintos?

Me justifico ante ella, posiblemente sin que sea necesario.

—No te saludé, en el velorio. Los demás me mordían la nuca.
—También a mí.
—Sí, lo supongo.

Creo que no tenemos de qué hablar. ¿Es que realmente he venido a probarme, a verla como mujer? Tal vez. Reviven ansias mías. ¿Me las provoca Emilia o es mi apasionada carga? ¿Se da cuenta de lo que me pasa? Considero que sí. Sin embargo, después de un recargado silencio, le declaro, sin vehemencia, sin dureza, aunque con una convicción bien definida:

—Debí matarte.

---

2 *Los últimos días de Pompeya*: novela histórica de Eduardo Bulwer Littin, en la cual el autor intenta resucitar la civilización greco-latina del sur de Italia en vísperas de la catástrofe de Pompeya.

3 *puloil*: sinécdoque, tropo que consiste en designar un objeto con el nombre de una parte de él o al contrario; aquí la marca del producto lo designa.

La veo encogerse en el sofá. Para que no quede tullida del susto, no me propongo aterrarla, le aclaro:

—Pasó el momento.

Esa especie de indulgencia la recompone y se anima a averiguar:

—¿Pero por qué, tanto me querías...?

La paro. Le pido que no sea lerda ni consentida. Ella me entiende. O no. No sé. Pero se aplana.

Tampoco comprende esta tentativa, que acabo de producir, de concentrar en ella la culpa de los dos. Advierto que la estoy castigando, pero no por lo anterior, como si fuera algo que ha sobrevenido y yo desconozco.

Parece que yo tendría que pensar —ante ella, dentro de esta casa— en algo más. Se me forma una ansiedad. Noto como el asedio de un enigma, que no resuelvo, ni punta le hallo.

Me he enmarañado y para cortar le anuncio: "Me voy". Ella me dice: "¿Tiene que ser así?". Yo le digo: "No hay otra manera".

Me sigue hasta la puerta. En el jardín está un perro que al llegar yo se mostró amistoso. Ahora lo tomo en cuenta. Creo reconocerlo. Me gana una onda de afecto, que viene de lejos, y cambio el talante con que me iba yendo.

Pregunto a Emilia: "¿Es aquel que...?". Emilia sabe, estoy tratando de ubicar el nombre. Es la primera simpatía que le comunico a ella esta mañana y se adelanta a servirme la respuesta, un poco triste: "Murió, hace tanto... Éste es el nieto. Se llama igual: Milo".

Me reinstalo en aquellas vacaciones, en aquel reino de la amistad y los nobles sentimientos: Milo... o Millo. Por Colmillo Blanco,[4] nombre tan bien inventado pero tan largo, tan difícil de usar para llamar a un perro.

Al pasar, chasqueo los dedos. Lo incito: "¡Adelante, Milo!". Brinca con entusiasmo y se me pone a la par. No se atreve a sacarme ventaja porque no sabe a dónde iremos. Yo tampoco... durante unos segundos, hasta que me desprendo de la excitación que me ha creado el encuentro con Emilia y recuerdo que he vuelto porque se cumple el tercer día.

* * *

El robledal ha sido talado. Tiene que estar convertido en roperos o en ataúdes de lujo. El replante se ha hecho con la trivialidad de los álamos.

---

[4] *Colmillo Blanco*: novela del célebre escritor esdaounidense Jack London (1876-1916).

Insisto en el presentimiento de que, sin buscarla, me saldrá al paso, con su silencio, la capillita azul del 1700.

Milo se desmanda en cortas carreras y virajes, hocica supuestas cuevas de conejos silvestres, se frustra sin amarguras, regresa y me hace fiestas. ¿Por qué diablos me festeja? ¿Por mis perradas contra su amo?

¡Paz!, me impongo. Convierto el mandato en una acción física: me detengo, entrecierro los ojos, hago por sosegarme. No quiero enfermarme, sostengo en mi monólogo. Nada de que ahora venga la moral a encresparme los nervios... o a corroerme el alma. ¡No tengo alma, no tengo escrúpulos!

¿Adónde voy, entonces? ¿Qué pretendo demostrarme? ¿Que soy leal al amigo?... Ironizo, contra mí, con una mueca.

Reanudo la marcha. El perro lo celebra. Disfruta de la travesía. Si me hace fiestas, ya comprendo, se debe a que es una bestia agradecida. No yo: carezco de gratitud y caridad. Me sorprendo aplicando estas palabras asimiladas en la clase de catecismo. Me veo vestido en el liso hábito escarlata, largo hasta los talones, y la sobrepelliz corta, blanca y almidonada; aprendiz o practicante de monaguillo, estoy de pie en una de las primeras gradas del altar, dándole con esmero el vaivén al incensario. Sonrío, sin burla.

Sin mortaja, como no sea la del silencio del campo y la fina gasa que trama la atmósfera durante el mediodía del estío, se me manifiesta el horno de ladrillos, con sus bastidores y contrafuertes, antes semisepultos-semisalidos, hoy entre gastados y derruidos... Me deja sentir que no se ha retirado de estos sitios la irrealidad que le conferimos los dos chicos. Nada más he de encontrar, seguramente, pero esto alcanza para que no haya desencanto.

Milo invade las ruinas y, ya a distancia, de verlo trotar sin altos y sin bajos deduzco que no hay depresiones, que los pozos han de haberse llenado con variedad de residuos hasta emparejarse con el nivel de los terrenos. Luego, al penetrar yo mismo por donde me ganó el perro, me entero que predomina el relleno de ceniza endurecida, poco menos que petrificada en tanto tiempo, con una cubierta miserable de polvo y hojarasca, que cualquier día es barrida por el viento y lavada por las lluvias.

Con una mano que no vacila en ensuciarse, limpio, para reconocer, en su tumba a perpetuidad, aquel aire ceniciento, ahora macizo, que aturdió mi infancia.

No he descuidado lo que vine a buscar, no creo hallar nada. Igual que si me buscara a mí mismo: empeño sin sentido.

Sin embargo, la encuentro.

En la amplitud del cenicero, distingo un espacio que tiene la superficie despejada, no por acaso, para que se ofrezca a la vista, a *mi* vista, una inscripción de letra enorme que dice... lo que no consigo leer. Es que me sacude la impresión; me pongo torpe, turbio y vacilante.

El perro, ese maldito Milo, se ha puesto a corretearle por encima y me hace crecer la confusión. Quiere despabilarme, porque ha notado que no avanzo y, tal vez, se ha dado cuenta de mi gesto perdido; pero sus patas y sus uñas, en los entusiastas giros y enviones, destruyen los trazos que labraron el mensaje. Trato de ahuyentarlo y es peor, lo toma a juego.

Ya está consumado el estrago. Nada más permanecen legibles que mi nombre y dos o tres palabras, o sus restos.

Confusamente me sugieren un llamado, un pedido, un clamor. No sólo las que están a salvo, todavía, sino las que vislumbré antes que las garrapateara el animal. En procura de sentido, asocio las más completas: "investigue" o "se investigue" y "muerte".

Pero mi atención funciona con desorden. Me extraña la quietud en que ha caído el perro. Se me ocurre, con rencor, que él traía una misión: la de impedir que yo llegara a enterarme.

Considero que debo irme. No me iré. Me ato a este lugar. Tengo que descifrar... ¿qué? ¿Lo que decía el mensaje? ¡No tanto! El hecho de que el mensaje haya existido, escrito por Luciano, que está muerto, y hallado por mí en la fecha exacta que, veinticinco años atrás, fue determinada por el pacto de dos niños. Yo he cumplido. Luciano también.

Estoy sobrecogido. No acierto a distinguir si esto que me sucede es estremecerse o enternecerse. Se me pasan por la mente las designaciones a menudo malgastadas: milagro, prodigio, más allá...

Con claridad leí "muerte". Además, me parece reconstruible "vida". ¿No son, esas palabras, aquellas de nuestro dilema precoz: la vida después de la muerte? ¿U otra vida? ¿O, puesto a idear y a desear que sea así: "Te escribo desde la muerte"?

* * *

El sobrecogimiento y el sobresalto van cediendo... noto que estoy regresando de un estado de fascinación. Noto que, por unos momentos, he gozado la aceptación de lo fantástico. Ahueco las manos, para ofrendar el agua pura de mi deslumbramiento. Noto que no idealizo, que he construido el gesto real.

Querría disfrutar sin análisis el pasado que acabo de vivir.

No puedo. Admito el misticismo con que acudí a la cita y el acopio de espiritualidad que fui poniendo en los episodios del camino.

Me aconsejo: me digo que he de tomar las cosas con realismo, que no debo descuidar esa palabra que leí nítidamente, "investigue", que puede ser "se investigue" y, junto a "muerte", serviría para armar el grave encargo: "Que se investigue mi muerte".

Sin esfuerzos imaginativos se me representa Luciano, no muy consciente de lo que estaba ocurriendo —¿qué?—, palpitándose su muerte, o un peligro mortal, sin voluntad de escapar, pero sí, aunque sin mayor empeño o interés, de que alguien la hiciera pagar... Que viene y se acuerda de nuestro juramento, se deja caer hasta aquí, vaya a saber en qué condiciones penosas, y con un palo o un bastón, por si yo guardo una fibra de apego, me escribe... Elige. Me elige a mí y elige un modo.

Yo, que nunca pretendí el perdón, me siento iluminado por esa misión que teorizo y pudo ser.

No obstante... rebajo esa ilusión. Malicio una burla. Luciano me sobró. Por un rato se habrá dado el gusto. Puso el mensaje con la pretensión de hacerme creer algo sobrenatural, siquiera un instante, lo suficiente para causarme la impresión o el susto. Desde luego, lo escribió cuando estaba vivo. Quién sabe cuánto tiempo atrás. ¡Nada de ternuras, Luciano, ni tuyas ni mías; nada de aflojar la cuerda!

No alcanzan, esta hiel, este despecho, para oscurecerme una intuición.

Atravieso el predio pelado de lo que, en la realidad o en la leyenda, fue una capilla del 700, y que para mí tuvo formas y color (azul), aunque únicamente en la consistencia de la imaginación. Surco el que fue robledal y quedó apenas alameda. Desemboco en las vecindades del jardín que fue de Luciano y es de Emilia. El perro capta que aquí nuestros caminos se separan.

Recupero el auto y en la ciudad me procuro un abogado, de los de buena ley. Le cuento. Acato los pasos que me propone. Me acompaña ante la policía.

Desde ese punto nos engrana el procedimiento. Toleramos la mudez con que nos lleva y nos trae, con que funciona un vestido de civil, que es de la Brigada, puesto a escarbar el caso. Tolero que violente o roce la magia del cenizal de mi infancia.

Pero no más.

Porque cuando la autopsia revela envenenamiento paulatino, por tóxicos agregados a los alimentos, él pretende leer adentro de mi cabeza: que yo le enseñe quién.

Todavía aguanto la presión mental que me aplica el policía, no quiero quedarme a medias en saber.

Que me expliquen, él y el médico: ¿Entonces, no es verdad que, aparte de caerse el pelo, por mechones, viene la ceguera o una parálisis? El doctor me aclara que no, si las dosis resultan excesivas o precipitadas, o es débil la resistencia del organismo, porque en esos casos el proceso es rápido.

Por mi parte lo recuerdo bajo el óvalo de vidrio, con sus estropicios de la pelusa, y el de la pesquisa me instala un dato: si no sabía lo del bastón. Supongo que me está indicando que Luciano escribió el mensaje con un bastón, lo que es admisible y estuvo en mis conjeturas. Pero lo que ha averiguado y especifica es que Luciano lo precisaba porque, levemente, fue disminuyendo su facultad de usar las piernas. Hacia el final, dice, tampoco comía.

* * *

Ya se me despeja el mensaje.

Luciano fue envenenado de a poco. Calculo que cuando sintió la intensidad del daño se creyó sin salvación o realmente su organismo ya no podía recobrarse, aunque hubiera cesado de comer o vaya a saberse cómo se nutría. Quizá no descubrió exactamente qué se le estaba haciendo y prefirió someterse (por amargura y decepción tal vez, porque ha de haber intuido de quién venía el mal).

Se inmolaba, pero a través de esa resignación elaboró las formas de la venganza. Las imaginó sutiles, las condicionó al azar.

Él iba a sugerir que fue asesinado, pero lo haría después de morir. ¿Con una carta a la Justicia que llegara al juez cuando él estuviera en la fosa? No correspondía ese trámite al estilo del introvertido y retirado Luciano; probablemente, de considerarlo lo habría desechado por demasiado simple.

Escribiría un mensaje en la lava, donde podía permanecer un tiempo sin borrarse, y lo escribiría para una sola persona. En esta persona se daban dos condiciones que ninguna otra podía tener, respecto de él, de Luciano. La primera: estar ligados por un pacto (inocente) de sangre, que incluía un mensaje "desde más allá de la vida". La segunda: ser un amigo... pero, un amigo infiel.

En consecuencia, únicamente le importaba que funcionara su insinuación de denuncia si se producía a través del amigo desleal. ¿Por qué? ¿Para qué? Para ponerlo en la cruz: el amigo tendría que sospechar o deducir quién podía haber deslizado el veneno en la comida diaria, y asumir el terrible deber de marcarle el camino de la expiación.

Pero ese mensaje cumpliría su destino nada más que si aquel con quien se juramentó Luciano concurría a buscarlo, al yacimiento de ceniza, el tercer día, inspirado en el remoto pacto. Es decir, Luciano, alma crédula, dejaba a prueba la persistencia de un sentimiento fraterno, de un rito ingenuo, y libraba a esas casualidades la posibilidad de que se castigara el crimen.

* * *

Protesto, al pesquisante y al médico: "¿Cómo, y lo de muerte natural?... ¡No pueden haberlo enterrado sin un certificado de defunción en regla!"

—¿Usted no sabe lo que significa un certificado de favor y que aun para estos casos, con todos los riesgos, hay quienes...?

—Sí —dejo pasar.

—¿Quién pudo hacerlo? —me indaga el pesquisante.

¿Un certificado de esa clase?... Pienso en lo que haría yo mismo, si fuera médico, cierta clase de médico. Podría responder: "Un doctor que se larga por una mujer." [5] Pero digo:

—¿El certificado? No me lo imagino.

—No, quién pudo hacer el certificado, quién lo extendió se sabe porque está la firma; pregunto quién le dio el veneno.

Hasta aquí llegamos. Lo miro con cara de piedra.

Yo, cualquier cosa, menos soplón. Ni por un amigo. Total, ya está muerto. Y no hay más allá, ni, por consiguiente, castigo.

(¿No hay?...)

---

[5] ... *se larga por una mujer* ... : expresión figurada que indica correr un grave riesgo por alguien.

PROPUESTAS DE TRABAJO

Estructura del relato

Se denominan funciones todas las acciones que constituyen un relato, ellas son:

Funciones cardinales o núcleos: las situaciones básicas, sin las cuales la acción no podría ser tal.

Son situaciones de riesgo. El hecho busca resolverse de una manera o su contraria.

Catálisis: situaciones insertas entre las funciones cardinales que pueden suprimirse sin alterar la acción básica.

Indicios: las caracterizaciones y modos de ser de personajes y situaciones.

Informantes: detalles referidos a ubicación espacial y temporal.

a) Distinguir en el cuento funciones cardinales, o núcleos.
b) Señalar los indicios que llevan a demostrar la existencia del crimen y los informantes presentes.
c) Analizar con la ayuda del profesor de Psicología las distintas manifestaciones de la personalidad del protagonista.

El mate de las Contreras

Juan Draghi Lucero

EL AUTOR

Habla Juan Draghi Lucero:

Nací en Los Nogales, provincia de Santa Fe, el 5 de diciembre de 1895. Me crié en Mendoza. Soy autodidacto por desdichas económicas. Me siento campesino y muy allegado a los campos abiertos, donde nuestros puesteros ennoblecen los campos áridos con su útil presencia. He publicado doce libros en Buenos Aires.

Mis personajes son gentes sencillas, preferentemente nativas y entregados a las labores campestres. Encuentro en los campesinos rasgos originales que, ordinariamente, no tienen las gentes de las ciudades, urgidos por el látigo económico.

En este cuento he querido aprovechar el agua correntosa de nuestros acequiones como elemento cómico. No es raro ver caer un "curado" al agua y salir después completamente fresco y liberado del atontamiento alcohólico.

¿Qué puedo decirles a los adolescentes? Que lamento la pesada carga que esta generación echa sobre sus hombros. Es de desear que ¡por fin! un espíritu de austera administración aliviane este pesado fardo que heredan sin tener culpas. Ojalá aprendan a trabajar sin descanso y, por sobre todo, que sean optimistas sobre el porvenir de nuestra castigada América."

Obras principales:

Cancionero Popular Cuyano; Las mil y una noches argentinas. El loro adivino; Cuentos Mendocinos; Cuentos Cuyanos; El hachador de Altos Limpios; La cabra de plata *(novela). Obras de teatro, poemas, obras históricas y artículos periodísticos.*

EL TEXTO ELEGIDO

La picardía chispeante y alocada de las mozas cuyanas es el elemento activador de este cuento.

El autor recogió de la tradición popular la anécdota que recrea y enriquece intelectualmente. Se conjugan en él dos vertientes: la popular y la culta. Entre jarilleros y hombres de pueblo, abrevó las fuentes folklóricas y los libros dieron madurez y lustre al conocimiento vernáculo.

El mate de las Contreras rescata un viejo decir enraizado en el mundo de las apariencias y los engaños.

El relato de estructura lineal da vida a personajes y costumbres de Cuyo: la presencia del curao, las hermanas hacendosas, el tonto de la familia, útil para completar el engaño urdido; el típico rancho de quincha; el corredor y patio cubiertos de parral, barridos con escoba de pichana y resfrescados mediante riego mañanero.

El acequión, elemento fundamental para transportar el agua hacia los oasis cuyanos, da origen a la acción prolongada en maliciosas catálisis.

El estilo reproduce el donaire y el habla galana de la mujer de estas zonas: abunda en diminutivos, algunos con marcado sello arcaizante. Enriquece el vocabulario con la recreación de términos, con sentencias de hondura popular y con aportes de música autóctona.

Su personalidad literaria lo aproxima al decir chileno, querendón, sabroso, que con tierna suavidad olvida las barreras geográficas del Ande.

EL MATE DE LAS CONTRERAS [1] *

—¿El mate de las Contreras? Puh...
Todo rematada en una apariencia y un
engaño que, ¡en agua se deshacía!
(Dicho por un viejón que anduvo en
estas desavenencias.)

En el largo y torcido callejón de la Culebra tenían su nido las Contreras. Eran tres hermanas aunque había un hermano que, por lo tonto, casi ni lo contaban; pero él era muy de la casa. Para los mandados lo tenían al pobre, que por nada se amargaba ni se sentía menospreciado. Cotudo [2] y ¡bastante! que era el tal hermano, pero contrabalanceaba ese "bulto" con su celada casaca militar, colorada, con vistosos cordones amarillos pegados a las mangas que perteneció a la Guardia Nacional. Todavía brillaban los botones de metal que sobresalían relumbrosos y descarados. El gran gusto del tonto cotudo era lucir esa prenda militar, entallándose y levantándose a la punta de los pies para conseguir pasajera esbeltez. En estos arranques sobresalía su chillona prenda y él, más moneaba con la famosa casaca. Y coronaba sus arrebatos vanidosos al cuadrarse gallardamente, entallarse con suma fineza y hacer un bizarro saludo militar, que había copiado y aumentado de tanto admirar los desfiles patrios. Jamás se apeaba de su sonrisa dormilona, por siempre aposentada a flor de labios. Él era paciente y de muy tardos movimientos... Sus hermanas hallaban siempre la manera de alejarlo cuando llegaban visitas a la casa. Con darle torta

---

* en *Cuentos mendocinos*, Buenos Aires, Troquel, 1966.

1 *El mate de la Contreras*: en algunas regiones del país "el mate de las Morales", como lo indica el epígrafe, aplícase a algo que es pura apariencia y engaño, promesa de algo que nunca llega.

2 *Cotudo*: que tiene coto; abultamiento producido por enfermedad de la glándula tiroides, muy común en las provincias de Mendoza y San Juan debido a la falta de yodo en el agua (bocio).

73

con chicharrones,[3] el tonto se iba más que contento a comerlas al solcito, en el arenoso desplayado donde se ensanchaba y remansaba el acequión.[4]

La menor de las Contreras, la Felisa, ¡era de traviesa!... Si parecía que la acosquillaban diablillos risueños. A todo le hallaba risa y, de yapa,[5] parlanchinaba más que las cotorras. Su muy vivo gusto era reírse de los "curaos"[6] al verlos venir a las tambaleadas y forcejeos por mantenerse derechitos. ¡Ah, muchacha! Ella era muy buena y hacendosa, pero a todo le hallaba un alegre color de risas ¡y la gozaba a las carcajadas! En estas ocasiones echaba graciosamente la cabeza para atrás y soltaba toda su risión[7] en desborde, salpicada por cantitos de pajarillos traviesos. ¡Si era un encanto y una gloria el verla tan rebonita y risueña!

Las tres hermanas Contreras vivían en un ranchito de adobón[8] y quincha,[9] de dos piecitas, el corredor y el patio con parral: todo bien barridito con escoba de pichana y refrescado por riegos mañaneros.

Entrábase en la vivienda por un cimbrante varillón[10] de álamo, oficiante de puente por encima del acequión que corría frente a la casa. Mucha gente aconsejaba a las muchachas que pusieran otros palos a la par del solitario para así salvar, sin peligro, esa rugidora correntada; pero ellas ¡ni caso que hacían! y, para que vieran lo sostenido de sus porfías, pasaban una y otra vez por sobre el tembloroso varillón con toda gracia y donosura... —Sí —les retrucaba una tía—; pero, no todas tenemos la habilidad de ustedes, que más que gente ¡parecen cobras!—. El caso era que para entrar y salir había que hacerlo tentando mareos y encomendándose a todos los santos... Con seso más que despejado y habilidades de andar por la cuerda floja, todo podía salir bien.

Era el gusto y complacencia de las tres hermanas, tan donosas como alegres, tomar mate por la tarde y por la mañana debajo del parral, en el patiecito que miraba al callejón. Sentábanse en sus bancos, rodeando al brasero y era de oírse el caer de las tapas de la yerbera al son de las cristalinas carcajadas

---

3 *chicharrones*: residuo de la grasa que se derrite; pedacito de carne y gordura, frito en su misma grasa o pringue y muy tostado.
4 *acequión*: en Cuyo, aumentativo de acequia.
5 *yapa*: voz quichua que expresa lo que se da por añadidura.
6 *curao*: por curado; en Cuyo, sinónimo de borracho.
7 *risión*: por risa.
8 *adobón*: aumentativo de adobe.
9 *quincha*: pared hecha de cañas, varillas, totora o junco, que suele recubrirse de barro y se emplea en cercas, chozas, corrales, etc.
10 *varillón*: aumentativo de varilla.

de las muchachas que, por una nadita, soltaban sus tentadas risas... Si era de pararse a mirarlas para tan sólo oírles sus risiones tendidas.

Pero la bribona de la Felisa era la que porfiaba con su tema: burlarse de los curaos y ¡cómo la gozaba en viéndolos venir a las ladeadas! Se acosquillaba [11] enterita en contenidas risas, que corría a soltarlas en carcajadas locas. Y volvía a salir afuera la muy traviesa, pasaba ligerito y como volando por sobre el delgado rollizo y lueguito [12] retomaba con la gran noticia—: ¡Por allicito viene uno...!—. Y se desparramaba, gustosa, en los preparos para la gran función.

Corría a acomodarse en su banco, frente al brasero; se arreglaba, presumida, el pelo y el vestido y se daba unos "toques" [13] a la cara con un espejito de mano y, dando frente a la calle entre sus dos hermanas, tomaba el mate con una mano y la sabrosa torta con la otra y en cuantito enfrentaba el curao, lo abarcaba con el encanto de toda su trasminante mocedad y se avanzaba, con el más retozón de sus tentadores moditos y miraditas finas, a ofrecerle el mate, tortitas, y esperanzas locas... Sus hermanas mayores, aguantando la risa, se hacían las inocentes. ¡Claro que daban las espaldas al callejón!

Y sucedía, ¡siempre la misma cosa! El deslumbrado curao se plantaba frente a la entrada y allí, hipando y entre dos luces, se arrequintaba el sombrerito, ajustábase el pañuelo al cuello, acomodaba su chalina al hombro, se atusaba los caídos bigotes y, florecido en caloroso amor, entablaba sonrisas de adormilada inteligencia con la tentadora... Lueguito, no más, encaraba en dereceras [14] de la entrada.

¡Y volvía a ocurrir lo mismo de siempre! El curao avanzaba a las ladeadas hasta el borde mismo del profundo acequión y allí se plantaba a enmarañar cuentas, ya mirando el agua correntosa, ya a la tentadora que seguía en su pícaro ofrecer... Un paso más y detenerse, despaciosa, a cavilarla ante el delgado varillón que se avanzaba a oficiar de puente. Ancho era el acequión ¡y tan correntosas sus aguas como delgado y cimbrón el rollizo que unía a las dos orillas! A tal puente no lo acompañaba ni la figura ni el prestigio. Volvía a cavilarla el borracho y sus ojos iban del acequión a la donosita tentadora y más se encendía y enamoraba, ardido ya en los dulces fuegos de la adueñante ilusión... Volvía

---

11 *acosquillaba*: por cosquilleaba.
12 *lueguito*: diminutivo de luego. Obsérvese el empleo de los diminutivos aplicados a los adverbios.
13 *toques*: por retoques.
14 *en dereceras*: derecho a.

a arrequintarse el sombrerito, se corría más la chalina sobre el hombro; reajustaba el nudo de su pañuelo al cuello y se atusaba con desvencijada gallardía los ralos y caídos bigotes y hasta se adelantaba a tocar con la punta de su bota al varillón oficiante de puente. Ahí se deshacía en suspiros el pobre, entornando los deslumbrados ojos. ¿Se arriesgaría o seguiría solito por el largo y triste callejón? Volvía a suspirar, enternecido desde el fondo del alma.

Nuevos ofreceres de la donosa hacían que el curao tirara sus finales cuentas. —no es amante quien repara / en los riesgos de un querer— sostiene una celebrada tonada mendocina y el chisperío de la volandera ilusión suplía a la música de la ausente guitarra. Otras miraditas finas y tentadores ofrecimientos lo decidían contra todos los riesgos. El curao tiraba sus seguras cuentas: un paso, el primero, dado con todos los aciertos de la celada derechura; afirmarse, dar el segundo paso sobre el acequión, cuidando de no ladearse ni un punto y, en cuantito medio se afirmase ¡dar ligerito el tercero y ganar la casa de la donosa! Lo demás era ir con los brazos abiertos al encuentro del amor que lo esperaba. Sí, éstas eran las cuentas bien sacadas. Un componerse el pecho en señal de criollaza decisión y encarar por sobre el rollizo. Y dicho y hecho [15]... El primer paso ¡bien! Si parecía que volaba por sobre el agua. Afirmarse: dar el segundo pasito, ya con cimbrón comprometedor. Una mirada relámpago a la corriente rugidora y veloz; un levantar los ojos y ver entre luces a la cautivadora. Las piernas que tiemblan, la corriente que marea, la orilla que se aleja, el mundo que da vueltas, el cuerpo que se traba, la cabeza que desvaría y, ¡cataplum!, curao que se va al agua... Al tiro [16] se levantan las tres bribonazas, corren al acequión y se toman de las colgantes ramas de los sauces de la orilla. Miran y remiran lo que el agua se lleva a los tumbos.

—¡Allá va! ¡Y ya perdió la chalina! Ja, jay... Ja, jay... Ja, jay...

—¡Y el sombrero, también! ¡Y va a las vueltitas! ¡Hijo'e tuca, mundo alegre: yo lo busco y él se pierde!

—¡Y ya dio el chino [17] una vuelta enterita en el primer remolino!

---

15 *dicho y hecho*: expresión con que se explica la prontitud con que se hace o hizo una cosa.
16 *Al tiro*: expresión chilena que significa de inmediato.
17 *chino*: expresión despectiva por varón.

—¡Y ahí quiere hacer pie y agarrarse de una champa,[18] pero le escapa y el agua se lo lleva, y se lo lleva, no más!
—¡Huija![19] ¡Criollazo de mi flor![20] ¡Aquí paro, aquí me llevan y meta tragar agua pa[21] rebajar tanto vino!
—¡Mírenlo al pobrecito templao![22] ¡Ya se le estará pasando la calentura con el agua fría!
—Si parece un patito negro con copete y todo. ¡Epa, amigo,[23] hágase respetar por la corriente!
—...¿Respetar? ¡De dónde! La correntada no le da calce... ¡Y se va un criollo lindo!
—¡Ésa! Le tiró un agarró a una rama de sauce, pero le escapó y ¡lindamente navega!
—¡Se va el morocho de rulito, con agua y vientito fresco! ¡Bien hecho, por atrevido!
—¿Cómo por atrevido? ¿No lo tentabas vos?
—¿Yo? ¡Qué más lo quisiera ese pililo milagriento![24] Yo tomaba mate lo más distraída...
—¡Sí; muy distraída! ¡No te se vaya a aparecer el Mandinga[25] en figuras de un curao!
—¡Ave María Purísima!
—Bueno, muchachas... Ya casi no se ve; vamos a los quehaceres.
—Váyanse ustedes —replicaba la picaronaza de la Felisa—. Yo me quedo aquí a gozarla hasta lo último... Si por allá se divisa al pobrecito. ¡Parece gallo pelajiao[26] caído al agua!
—Como gallo clueco va a quedar en cuanto lo acapuje tu hermano.
—¡El tuyo!... Pero, ¡mírelo! Si ya va queriendo hacer pie.
—Y segurito que ya se le va apareciendo el de la casaca colorada... Bueno: vamos a poner la olla al fuego que, a lo mejor, llueve algo.

Y se iban las dos hermanas mayores, pero la Felisa, la menor, se quedaba a los momentos finales y movidos curioseos por entre las colgantes ramas de los sauces. La seguía gozando al recordar las figuras del curao en seco y en remojo. Y soltaba locas y solitarias carcajadas.

18 *champa*: raigambre; expresión traída de Chile a Cuyo.
19 *¡Huija!*: interjección que indica alegría, en el habla rural.
20 *¡Criollazo de mi flor!*: De mi flor: de todo mi gusto; lo mejor que pueda darse.
21 *pa*: apócope de para en el habla rural.
23 *¡Epa, amigo!*: ¡epa!, interjección usada como advertencia.
24 *pililo milagriento*: paupérrimo, vestido con harapos; que necesita un milagro para vivir.
25 *Mandinga*: el demonio, espíritu del mal.
26 *pelajiao*: en el habla rural, ave con peladuras.

Ya las hermanas habían puesto la olla al fuego y preparaban brasas para el asado.

Allá, como a doscientos pasos aguas abajo, el acequión se ensanchaba tanto que perdía empuje la corriente. Por allí, recostado en las asoleadas aceras, se dejaba estar el tonto del hermano, dando fin y acabo a las sabrosas tortas. De repente le parece oír gritos y bullarangas [27] y entra en cuidado. Se pone de pie al ver venir boyando a un sombrero y una chalina. Entra en el agua y va pescando las prendas que la corriente trae, y las tira detrás de un tupido monte para que, ocultas, se sequen al sol. Y ya ve venir a un criollo a los tumbos y, comedido y atencioso,[28] va a su encuentro con sonrisa amiga. Se le allega al remojado ¡tan atento y servicial! y lo saluda con un —¡Salú, paisano! [29]— y le arrima sus ayudas y lo abraza y lo vuelve a abrazar. Sus dedos, no tan lerdos, se entran en los bolsillos del tirador, de la chaqueta, de los pantalones y, entre consuelos y comedimientos, salen con pesos fuertes que entran en sus dominios. Suaves y cariñosos esos dedos vuelven a entrar vacíos y salir con rastra y salir en los bolsillos ajenos. El curao, con tantos tumbos en agua fría, está que no halla su centro, pero siempre entre alumbrado por los luceros de la donosa. Y se afana por explicarle a su nuevo y buen amigo todo lo que le anda pasando por ser bueno y de corazón abierto como criollazo de ley...

—Sí, sí —le contesta por señas, y más le sonríe y lo palmea y a todo le hace gestos de aprobación y entendimiento, y le sigue ayudando y arrimándole consuelos. Y el remojado, cada vez más enternecido, le va diciendo con palabritas cortadas, con fríos y calores, hipando y trabándose, que por llegar a una donosa que le ofrecía su amor, vino a perder el pie en medio del acequión, cuando ya estaba por alcanzar la gloria. Y que el agua ¡esa maldita agua! se lo llevó y se lo llevó, no más; pero que la rebonita lo espera con matecitos dulces, tortitas y...

—Sí, sí —asiente el salvador, y el curao le pide al amigo de la casaca colorada que le arrime palabritas de consuelo a sus tristes andanzas. Y el buen y acariciante amigo lo consuela de todo corazón con palabritas y musarañas [30] con las caras casi pegadas, y más se entienden porque así son las andanzas del amor criollo. Por fin los dos aparceros salen del agua y se sientan sobre la arena secante y calentita y allí la siguen en sus

27 *bullaranga*: bulla.
28 *atencioso*: con cortesía, con respeto.
29 *¡Salú, paisano!*: vulgarismo por ¡salud! Forma usual de saludo entre criollos.
30 *musarañas*: hablar bajo con visibles gestos y visajes. Embrollos. Señas de entendimiento.

medios parloteos, entendiéndose y pasándose las señas de las desventuras gauchas. Y vuelve el que por agua vino a contar, ¡tan enternecido!, el rosario de sus desdichas: Si estaba a las puertas mismas del dorado amor, cuando... Pero, ¡no importa! Él volverá tan sólo a ver a la palomita en su nido, para ofrecerle en las palmas de sus manos lo grande y duradero de su cariño. Pero el de la casaca colorada le dice y le vuelve a decir que no; que otra vez será, cuando venga bien empilchado y no bien cobre la quincena... ¡Cómo va a ir ahora si ha quedado sin pilchas[31] y como pollo remojado? —¿No le parece? —¡Cierto, amigazo!—. Volveré otro día... —Ya el de la casaca colorada está de pie, se empina, se entalla, se cuadra y le hace la venia de despedida al curao, y éste, que practica los ejercicios doctrinales los domingos en los que ejecuta marchas y giros bajo mando militar, se pone de pie y responde apagadamente con otra venia; pero, porfiado, quiere seguirla otra vez, más enternecido y enamorado con el calor del solsito. Mas, el que lo sacó del agua se ha puesto ceñudo y le guarda las distancias; se cuadra con más ardor, elevándose en la punta de los pies y ya no quiere saber más nada de embrollos ni musarañas. Hace su final saludo militar con todas las de la ley y mirando fiero... El curao comprende: sale al callejón a las renqueadas y, pasito a paso,[32] se va alejando. De cuando en cuando vuelve la cabeza, mira para atrás, pero la ceñuda figura de su salvador le ordena por señas su camino y el curao obedece y se pierde por el callejón abajo.

Muy luego el tonto hace el balance de los pesos cosechados. Guarda mitad en un bolsillo y con el resto se va a la pulpería con abasto de carne. Llega muy entonado al negocio y compra azúcar, yerba, arroz, harina, tabaco, un frasco de vino y una arroba de carne. No bien lo despachan rumbea para su casa y hace entrega a su hermana mayor de todos los bastimentos. Las otras hermanas lo regalonean y él, generoso y desprendido, les regala unos pesos y ellas se vuelven una bullaranga de risas y planes. Y el tonto, en el colmo de la dicha, se acuesta en su cuja para que, acostado como regalón, le sirvan de comer y de beber sus hermanas y luego del matecito dulce le hagan silencio para dormir su larga siesta.

¡Que nadie se propase a cavilar que aquí hubo convenio, acuerdo o plan! No, señor: todo nació sin palabras ni musarañas el día que a la Felisa se le antojó hacerle señitas a un

---

31 *pilchas*: prenda modesta de vestir.
32 *pasito a paso*: modo adverbial, despacio, poco a poco.

curao... Curao que al cruzar el acequión se fue al agua y el tonto, que estaba tomando solsito, fue a sacarlo y, sin querer, se le refalaron [33] los dedos... De ahí nació todo. Sí don... El que se avance a creer otra cosa ¡la yerra! ¡Si era el agua correntosa, señor, la que convoyada [34] con ese puente tan sin figura se las componían, entre los dos, para hacerlas y deshacerlas!... [35]

[33] *refalaron*: vulgarismo por resbalaron y con significado de tomar lo ajeno.
[34] *convoyada*: ponerse de acuerdo para ejecutar algo sospechoso secreto o malo.
[35] *hacerlas y deshacerlas*: frase con que se significa que uno faltó a lo que debía, a sus obligaciones o al concepto que se tenía formado de él.

PROPUESTAS DE TRABAJO

1. Rastrear diminutivos, arcaísmos, sentencias populares y aportes de música autóctona presentes en el cuento.
2. Elaborar una historieta en la que cada viñeta represente un núcleo cardinal.
3. Consultar en el prólogo las características de la tonada cuyana y con la ayuda de la profesora de música interpretar la que figura adjunta en página

QUIEN TE AMABA YA SE VA

TONADA
De la obra "Cancionero Cuyano"

De ALBERTO RODRIGUEZ

Quien te amaba ya se va (bis)
supuesto que otro ha venido;
se acabarán tus tormentos,
ya se va tu aborrecido;
se acabarán tus tormentos,
se acabarán tus tormentos
ya se va tu aborrecido.

Todo lo echará en olvido (bis)
pues conozco tu rigor;
me retiraré abatido
con un inmenso dolor;
me retiraré abatido
con un inmenso dolor,
supuesto que otro ha venido.

Mi bien ya se acabará (bis)
el que te daba disgustos;
a verte ya no vendrá
para que quedes a gusto;
a verte ya no vendrá
para que quedes a gusto,
quien te amaba ya se va.

La Pericana

Juan Pablo Echagüe

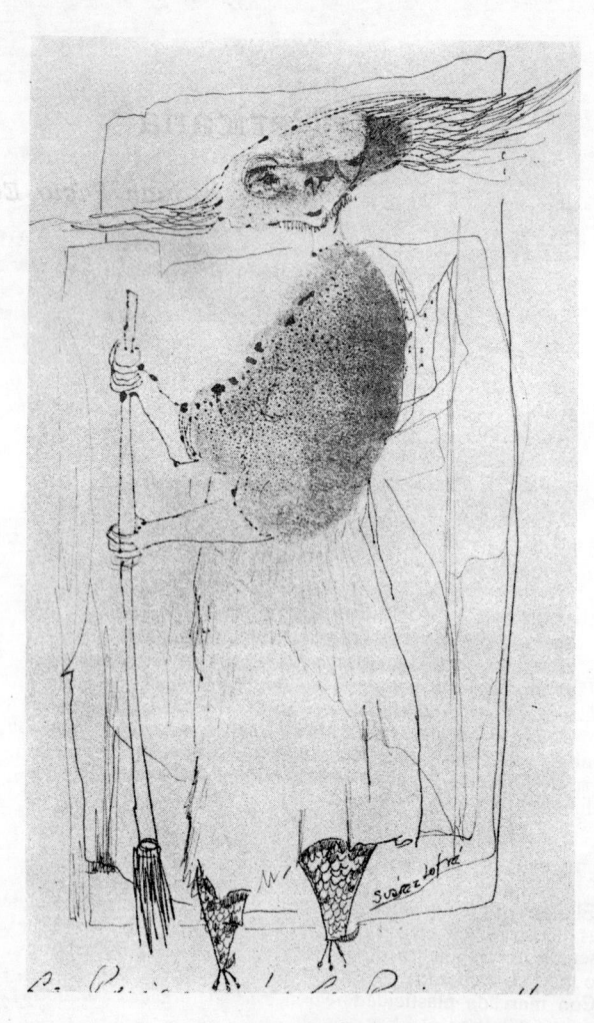

"¡La Pericana! ¡La Pericana!"

EL AUTOR

Nació el 4 de julio de 1877) en San Juan, donde transcurre su niñez y adolescencia.

En Buenos Aires fue crítico teatral de los diarios El Argentino, El País *y* La Nación *y colaboró en la revista* Caras y Caretas.

Desempeñó a lo largo de su vida las más variadas funciones: secretario general de la Presidencia de la Nación; profesor en el Colegio Nacional Bernardino Rivadavia y en el Conservatorio Nacional de Música y Declamación; presidente de la Comisión Protectora de Bibliotecas Populares; Académico de Número de la Academia Argentina de Letras; miembro correspondiente del Instituto Histórico y Geográfico del Uruguay; miembro correspondiente de la Real Academia de la Historia de Madrid.

En 1939 obtuvo el Premio Nacional de Literatura por sus libros Tres estampas de mi tierra *y* Por donde corre el Zonda. *En 1940 recibió el título Doctor Honoris Causa en Filosofía y Letras otorgado por la Universidad Nacional de Cuyo.*

Fue nombrado Gran Oficial de la Orden Nacional "Al mérito" de la República del Ecuador y Comendador de la Orden del Cóndor de los Andes de Bolivia.

El 5 de setiembre de 1950 falleció en Buenos Aires.

Obras principales:

Publica numerosos ensayos de crítica histórica y literaria.

Entre sus obras literarias citaremos: Paisajes y figuras de San Juan; Tres estampas de mi tierra; Por donde corre el Zonda; Tradiciones, leyendas y cuentos argentinos; San Juan, leyenda, intimidad, tragedia; Tierra de huarpes; Hechizo en la montaña; Mi tierra y mi casa; La tierra del hambre.

EL TEXTO ELEGIDO

El narrador en primera persona evoca, con tonos nostálgicos, travesuras de su niñez en las ardientes siestas sanjuaninas. Trae a nuestra presencia un fragmento de su vida embellecido por la fantasía e idealizado por el recuerdo.

Con marcada plasticidad recrea esas aletargadas y muertas horas del quemante verano.

Recoge para la literatura una tradición que se repite en el suceder de las generaciones: los mayores, agobiados por el intenso calor, interrumpen toda actividad y buscan alivio en el largo sueño reparador. La vitalidad y el dinamismo infantil rechazan la costumbre de "los grandes".

Los niños, a hurtadillas, abandonan las casas, forjan diabluras y proyectos alocados, protegidos bajo la frescura de alguna parra y en el silencio cómplice de la hora.

El "tempo narrativo" se demora en descripciones minuciosas en las que el sol se proyecta en dimensiones animistas y es presencia cómplice de las "escapadas" infantiles.

El cañaveral, los carrizales, los vastos viñedos configuran el paisaje regional artísticamente concebido.

El autor maneja en el cuento dos niveles lingüísticos; el habla culta del narrador en primera persona que relata los hechos, y el habla popular, elemento imprescindible para conferir autenticidad a ciertos personajes.

Abundan las oraciones unimembres que presentan alta concentración de significado y no gran poder de evocación.

Un personaje folklórico, cuyas raíces se hunden en lo más hondo de la tradición cuyana, cierra, con perfiles de terror, el cuadro provinciano.

LA PERICANA*

¡La siesta!... Era el terror de nuestras familias. Nos encerraban y saltábamos por la ventana o forzábamos la puerta. Nos reprendía la palabra cariñosa de la madre o la severa y breve amonestación del padre, nos vigilaban, nos suplicaban... ¡Inútil! Cuando el pueblo entero se adormecía postrado por el vaho quemante de la siesta; cuando de entre el ramaje de los árboles salía el ríspido cantar de las chicharras, único ruido que turbaba la calma desfallecida de la tarde; cuando las víboras y los lagartos abandonaban sus madrigueras para ir a regodearse sobre el reseco polvo de los caminos, nosotros, burlando prohibiciones y cárceles, ganábamos los viñedos reverberantes de sol.

Un cañaveral divisorio de las quintas adyacentes servíanos de punto de reunión. E íbamos llegando por turno: la Tijereta, chiquilla de doce años, hija del próximo chacarero, montaraz criatura, crecida como animal silvestre entre los yuyos, capitana de la banda y baqueana incomparable de cuanto intrincado vericueto escondían los carrizales y las marañas de las cercanías; Felipe, avispado, galopín, lector de "Robinson"[1] y las "Mil y Una Noches"[2], cuyos cuentos nos relataba; Enrique, Alberto, Eduardo... hasta media docena de forajidos de dos lustros más o menos de edad, que, durante nuestras vandálicas correrías, solíamos entretenernos en devastar los circunvecinos fundos.

La Tijereta nos dominaba. Era ella quien nos obligaba a ser puntuales a la diaria cita. Aquella selvática muchachuela ejer-

* en *Páginas selectas*, Buenos Aires, Ediciones Argentinas S.I.A., 1945.
1 *Robinson*: Robinson Crusoe, novela inglesa escrita por Daniel Defoe (1660-1731); basada en la historia real de un náufrago que logra sobrevivir en una isla desierta.
2 *Las mil y una noches*: título de una famosa colección de cuentos en lengua árabe, cuyo primitivo núcleo se conocía ya en el siglo IX. Sus partes más valiosas son algunas brillantes anotaciones realístico-psicológicas, así como las descripciones de ambientes y tipos del mundo musulmán de la Edad Media.

cía sobre nosotros esa especie de fascinación con que arrastran a sus tropas los grandes capitanes. La admirábamos y la temíamos. Nadie como ella trepaba a un árbol, escalaba una barranca o acertaba una pedrada a treinta metros de distancia. Nadie tampoco sabía castigarnos con más eficacia. Ni las súplicas de nuestras madres, ni las reprimendas de nuestros padres, ni los encierros, ni las amenazas, ni los pescozones, alcanzaban el terrible efecto punitorio de esta sola palabra con la cual la Tijereta fulminaba al desertor de un día cuando se reincorporaba a la caterva:

¡Mariquita!

Desde que uno de nosotros había merecido el formidable calificativo, quedaba estigmatizado por una semana. No se le hablaba, no se le señalaba puesto en los asaltos a chacras y parrales, no se le participaba del botín. Si llegaba a clavarse una espina o a herirse entre las zarzas, la Tijereta lo abandonaba a su suerte, sin ir, como otras veces, a curarlo. Si se extraviaba, debía buscar por sí mismo el buen camino; si el cansancio lo rendía, nadie lo auxiliaba.

—¡"Mariquita"! Palabra de honor, era espantoso...

Sólo una acción heroica inmediata podía rehabilitar al penado. Para congraciarme con nuestra tirana implacable tuve yo cierta vez que abatir de un hondazo el pavo real de una vecina. ¡Y cómo rió la Tijereta! Premió mi hazaña con un puñado de ciruelas exquisitas que ella en persona se encaramó a tomar del árbol.

¡Oh, nuestras infantiles excursiones a través de los vastos viñedos sanjuaninos! Bajo un sol llameante, que enardecía la atmósfera y achicharraba la tierra, saltando tapias, tramontando cercos, la Tijereta guiaba por senderos misteriosos su escuadrón de pilluelos. Y eran aquellos largos vagabundajes entre cepas y pastizales a caza de pájaros y nidos; eran rudas tareas para construir con cañas y malezas, en cualquier perdido rincón de la ancha viña, un rancho liliputiense donde descansaríamos por grupos, confortándonos con uvas de la cercana planta y sandías de la quinta próxima; eran horas de charlas y de ensueños, cuando Felipe nos contaba la historia de Robinson o Alí Babá [3], que nosotros escuchábamos boquiabiertos, mientras la Tijereta atendía gravemente aquellos inauditos relatos, incomprensibles para su oscura inteligencia de pequeña salvaje.

Luego, al caer la tarde, destrozados los trajes, el rostro en-

---

3 *Alí Babá*: uno de los más conocidos cuentos de *Las Mil y Una Noches*.

cendido, llenas de arañazos las manos, extenuados, temiendo la represión segura, regresábamos a nuestras casas. La Tijereta marchaba al frente del pelotón, siempre la primera para vadear el arroyo y transponer las vallas, la primera siempre en despejar la ruta y orientar el rumbo. En el cañaveral de donde partiéramos, nuestra capitana nos despedía brevemente:

—Hasta mañana... ¡Ah!, y no falten, ¿eh?

¿Faltar? La tremenda palabra cruzaba por nuestra memoria: ¡Mariquita!

No, con seguridad, no faltaríamos...

Escuchábamos a Felipe aquella siesta. A la sombra de una bóveda de pámpanos frondosos agobiados de racimos, recostados sobre el pasto húmedo y mutilado, oíamos el cuento de Felipe. Era una historia aterradora... Figuraban en ella ogros y gigantes, genios y dragones. Por eso la atendíamos absortos, mientras el sol rutilaba sobre la verdegueante viña. Allí cerca, un pajarillo piaba tenaz y chillón en una cepa.

—..."Y entonces el monstruo —decía Felipe— penetró hasta el castillo, donde estaban los dos principitos, para devorárselos..."

Alberto interrumpió. Él había oído a su mamá que un ser prodigioso, asesino y ladrón de niños, la Pericana, moraba en los viñedos y andaba ahora rondando la comarca. Hubo una pausa. Nos miramos sobresaltados... En la vecina cepa, el pajarillo seguía piando burlón y provocativo. Era aquel ruido el único que interrumpía la pesada calma circundante. Felipe prosiguió:

—..."Los principitos se hallaban solos cuando se les apareció el horrible monstruo con cuerpo de gigante, cara de león y largos dientes que relucían en su inmensa boca abierta. Echaba fuego por los ojos, empuñaba en la diestra un gran cuchillo..."

El orador nos fascinaba. Latían con violencia nuestros corazones y comenzábamos a sentir miedo. De pronto, ordenó la Tijereta:

—Alberto, andá, espantá ese pájaro...

El aludido avanzó hasta la puerta de la rústica glorieta. Pero no alcanzó a salir. Pálido, tembloroso, castañeteándole los dientes, se volvió y señalando hacia afuera prorrumpió en angustiosos alaridos:

Allá, como a cincuenta pasos de distancia, vimos, ¡sí, vimos!, entre las verdes parras, una silueta negra, altísima, de rostro ensangrentado, roja barba y saltados ojazos amarillos. Avanzaba despacio, despacio, muequeando espantosamente.

Fue un desbande, una derrota, una fuga de pánico y demencia. Arrastrándonos para escapar de entre los enredados sarmientos, atropellándonos, arañándonos, enceguecidos, desesperados, nos lanzamos afuera y echamos a correr. No supe hasta después qué hicieron mis compañeros. Yo corrí... corrí... las espinas desgarraban mis ropas, los cactos se clavaban en mis pies. Yo corría... corría... Me llevaba por delante bosques de matas bravas erizadas de púas, penetraba como una bala de cañón en los compactos cañaverales, saltaba de un solo impulso los arroyos, escalaba tapias, horadaba cercos... Y por último, jadeante, enloquecido, dando gritos de angustia y de socorro, fui a caer medio muerto entre los brazos cariñosos de mi madre.

Estuve enfermo en cama. Una intensa fiebre se apoderó de mí. Durante mis delirios veía docenas de enlutadas pericanas que danzaban furiosas rondas en torno de mi lecho y oía sin cesar el pío pío irónico de un invisible pajarillo.

Cuando hube sanado, busqué a la Tijereta.

—¿Sabes? —me dijo—. Era el peón encargado de cuidar la viña... Caminaba con zancos, se había envuelto en una capa y llevaba puesta una careta de carnaval.

—¿Cómo?... Pero, ¿y la Pericana? —pregunté.

—¡La Pericana!... ¡Salí diai! [4]... ¡Mariquita!...

Casi volví a enfermarme de vergüenza.

---

4 *Salí diai*: expresión popular apocopada, en lugar de salí (sal) de ahí.

PROPUESTAS DE TRABAJO

1. Investigar los *cucos* que han acompañado la niñez de cada uno de los lectores.

2. Comparar la caracterización de los miembros, de la *barra* en este cuento con los que menciona Sarmiento en el siguiente fragmento de *Recuerdos de Provincia*.

   "Había en casa de los Rojas un mulato regordete que tenía el sobrenombre de *Barrilito*, muchacho inquieto y atrevido, capaz de una fechoría. Otro del mismo pelaje, de Cabrera, de once años, diminuto, taimado, y tan tenaz, que cuando hombre, elevado a cabo por su bravura, desertó de las filas de Facundo Quiroga con algunos otros, y en lugar de fugarse, tiroteó al ejército en marcha hasta que se hizo coger y fusilar. A éste llamábanle *Piojito*. Descollaba el tercero bajo el sobrenombre de *Chuña*, ave desairada; un peón chileno de veinte a más años, un poco imbécil, y por tanto muy bien hallado en la sociedad de los niños. Era el cuarto José I. Flores, mi vecino y compañero de infancia, a quien también distinguía el sobrenombre de *Velita*, que él ha logrado quitarse a fuerza de buen humor y jovialidad. Era el quinto el *Guacho Riberos*, excelente muchacho y condiscípulo; y agregóse más tarde Dolores Sánchez, hermano de aquel Eufemio, a quien por envolverse el capote en el brazo para defenderse de las piedras, llamábamos *Capotito*. Este nuevo recluta se educó a mi lado, y probó muy luego ser digno de la noble compañía en que se había alistado."
   D. F. Sarmiento, *Recuerdos de Provincia*, Buenos Aires, Ed. Sopena, 1939, pág. 113.

3. Elaborar un relato con el siguiente tema: Escapada durante una siesta de verano.

La Cinta Perdida

Haydée Franzini

"*Porque comenzaron a moverse los chiquillos con un murmullo de sedas y almidones, hasta que todos fueron desprendiéndose del cuadro...*"

EL AUTOR

Habla Haydée Franzini:

"Carta presentación:

Mi nombre es Haydée Franzini, tengo piel blanca, ojos pardos y pelo castaño oscuro. Amo la música, toda, siempre que esté bien interpretada. Mi color favorito es el azul porque me da paz. Mi plato favorito, los langostinos, en cualquier forma; y la bebida, el vino blanco y seco. Desde muy temprana edad comencé a escribir, vivíamos cerca del mar y yo aprovechaba cualquier utensilio para garabatear en la arena. Al comenzar a caminar la cosa se complicó y fue cuando tuve mi primer fracaso, ocurrió el día que mi madre me encontró escribiendo en la pared. Desde entonces las letras me fueron prohibidas, hasta que ingresé a primer grado y me fueron impuestas casi por la fuerza. Mi vida se deslizó entre el abecedario y la sintaxis hasta los catorce años que escribí mi primera poesía. A los dieciséis, mi audacia me empujó a escribir una obra de teatro, que unos chicos de mi edad, más audaces que yo, se atrevieron a interpretar. Hubo sólo dos representaciones, a la primera concurrieron todos los parientes, a la segunda... bueno, fue la última. Después de este segundo fracaso mi ego comenzó a amontonar papeles y más papeles. Escribí poemas, cuentos, algún esbozo de novela, más cuentos, mis cajones se apeñuscaban de papeles que nadie leía. A los veinte años soñaba con ser escritora pero el temor echaba llave a mis cajones atestados de papeles; recién a los veintisiete rompí la cerradura y en 1969 publiqué mi primer libro de cuentos. De ahí en adelante a escribir, y a leer, y a aprender; y conté con la ayuda de muchos, de tantos, que me orientaron, que me aconsejaron, que me criticaron, con una crítica sana que me hizo mucho bien."

Obras principales:

Y sucedió en el Conlara (cuentos); *Pueblo seco* (novela. Faja de Honor de la Soc. Arg. de Escritores); *Un día como todos* (guión para televisión); Poesías, canciones, cuentos y artículos periodísticos.

EL TEXTO ELEGIDO

La autora, a través de un relato enmarcado y con diluido hilo argumental, nos muestra una estampa de las sierras puntanas embellecida en la sugestión mágica del recuerdo.

El cuento se inicia mediante un diálogo con abundantes expresiones coloquiales que permite ingresar en la conciencia del personaje gracias a la técnica del fluir, señalada por un signo mecánico: la bastardilla.

El relato gira en torno a la animación de una casa de campo que duerme y despierta según las estaciones:

"*La casa despierta con aroma a jazmín y permanece viva hasta mediados de marzo.*"

También la personificación se extiende a todos los objetos del interior: el piso de parquet, los muebles, las cortinas, el reloj:

"*La casa recobra su pulso en el rítmico lenguaje del reloj.*"

De esta realidad cotidiana, idealizada metafóricamente, surge la otra, irreal, fantasmagórica, cuando de la pintura familiar que muestra a los ocho niños de la casa, empiezan poco a poco, los chiquillos a descender y a cobrar vida, integrándose en el tiempo y en el espacio real.

La casa se achica, por el influjo de fuerzas sobrenaturales, y vuelve a ser como era en un pasado lejano.

La presencia de los niños, único punto de contacto entre el mundo fantástico de la casa y la realidad —en ambos planos aparecen— produce una quiebra temporal, imposible de explicar por los caminos de la lógica.

LA CINTA PERDIDA [*]

—Hola Ana, ¿cómo están?
—¡Ah!, qué tal, bien gracias, ¿y ustedes?
—Bien, supe que José Luis ya llegó de su gira.
—¿Podés darme con él?
—Ya te lo llamo, hasta prontito.
—Hola chiquilla, ¿qué me dices de bueno?
La voz de José Luis me llegó en un torrente de palabras como siempre.
—Aquí andamos Lucho, contáme cómo te ha ido, supongo que habrás hecho saltar la banca.[1]
—Tanto como hacerla saltar, no, pero la rula[2] me trató bastante bien. Merlo[3] es fabuloso, che, francamente no me lo imaginaba así.
—¿Recorriste la zona?
—Sí, hice un recorrido por la cadena de pueblos que están al pie de la sierra. Por tus pagos, como vos decís. Lo que no encontré fue la casa.
—¿Cómo que no la encontraste?
—No, entré en varias quebradas, como me dijiste, pero en ninguna de ellas la localicé.
—Pero yo te señalé bien el pueblo, luego el cruce de los caminos y al final del que sube, la casa.
—Sí, pasé el pueblito y llegué al cruce, subí, pero al terminar

[*] en *Y sucedió en el Conlara*, Buenos Aires, Diagrama, 1969.
[1] *hacer saltar la banca*: expresión correspondiente a la jerga de los jugadores; significa ganar sobrepasando la cantidad de dinero que posee el que dirige el juego.
[2] *la rula*: equivale a la ruleta en la jerga mencionada.
[3] *Merlo*: Villa muy antigua de la provincia de San Luis. Fundada por orden del Virrey de Sobremonte el 1º de enero de 1797 con el nombre de Villa de Merlo. Es el centro turístico más pintoresco de la zona norte, recostada en la falda de Comechingones con un importante paisaje de alta montaña y cerros cubiertos de vegetación. Es importante productor de plantas aromáticas, entre las que se destaca el cultivo intensivo de lavanda.

el camino no encontré la casa de la fotografía que me enseñaste, sino una casita sencilla, más bien chica y con una gran galería al frente. Además querida, no podía ser tu casa, estaba abierta y había ocho chicos que formaban una ronda.

Es invierno, pensé. Y en invierno la casa, la Villa y el Valle entero se sumergen en una bruma de sueño.

La casa vive el verano. Sacuden las baldosas su adormecimiento de meses y se ponen a brillar en simétricas figuras de colores. Se desperezan sus maderas en puertas y ventanas que se abren y hasta el gran piso de parquet del comedor se queja, en crujidos leves, de nuestra ausencia prolongada. La casa recobra su pulso en el rítmico lenguaje del reloj. Se viste con crochet y cortinas hechas en tela. Y se engalana con muebles pulcros desprovistos de fundas e insecticidas. Se habita de voces, risas, llanto. Gente. Chicos que corren en sus pasillos y mayores pensativos que la inundan de recuerdos y cuidados. La casa despierta con aroma a jazmín y permanece viva hasta mediados de marzo.

Pero es invierno y ella está callada y sola. Blanca por dentro con manchones de mata-cualquier-cosa y muebles enfundados.

El reloj se ha ido deteniendo poco a poco hasta enmudecer. Ahora el silencio es total.

El enorme comedor presidido por el retrato de los dos abuelos se dispone a dormir. A un costado, sobre el sofá de la salita, un gran cuadro con ocho criaturas parece contemplar la loma a través de la pared indiferente y la ventana bien cerrada.

Tal vez fue el perfume de la noche que al filtrarse, vaya a saber uno por dónde, llegó a la niña de la cinta azul. O quizás fue algún grillo que, encerrado en la casa, con su canto hizo retroceder el tiempo. Porque comenzaron a moverse los chiquillos con un murmullo de sedas y almidones, hasta que todos fueron desprendiéndose del cuadro.

La primera fue la niña de cabello largo. Estiró su cuerpito cansado de tanta inquietud y, tomando en sus brazos a la pequeña, comenzó a bajar. Luego lo abandonaron los varones que, uno a uno, en un atropellado afán de movimiento, irrumpieron en el comedor colmándolo de voces y de gritos.

La casa toda pareció temblar y, en apretado retroceso, fue reduciendo su tamaño hasta terminar allí donde comenzaba el pasillo.

Desaparecieron las paredes del comedor trasladándose cada ladrillo a su lugar de origen. Se echó a volar el techo en raudo vuelo de tejas, hasta el barro de donde provinieron. Y la madera del parquet y de las vigas, corrió a refugiarse en su raíz de antaño. Se esfumaron los muebles enfundados hasta otro tiempo aún inexistente. Y abandonaron el marco las figuras que presidían la casa.

Mi abuela, con su habitual dulzura, acarició la frente del pequeño y con un coqueto movimiento se acomodó una peineta. Mi abuelo, mientras caminaba por la casa que acababa de achicarse, pensó en la necesidad de ampliarla. La galería se convertiría en pasillo y al frente, un gran comedor tendría piso de parquet.

Los niños cantaban sus rondas y volvió a ser verano en un tiempo hace cincuenta años, ya vivido.

—Escuchá José Luis, y pensá bien. ¿Cómo eran los chicos? ¿No recordás nada en especial?

—Mirá, eran ocho, seis varones y dos chicas. La mayor tenía pelo largo atado con una cinta azul que se le iba cayendo.

Terminé mi conversación con José Luis. Y supe que al volver en mi verano la casa habrá vuelto a crecer en tamaño y tiempo, pero sé que en el retrato, la niña ya no tendrá en el pelo la cinta azul.

PROPUESTAS DE TRABAJO

1. Comparar los puntos de vista del narrador en este cuento y en el siguiente fragmento de *La Casa* de Manuel Mujica Lainez.

   I

   Soy vieja, revieja. Tengo sesenta y ocho años. Pronto voy a morir. Me estoy muriendo ya, me están matando día a día. Ahora mismo me arrancan los escalones de mármol, la gloria de los escalones de mármol, pulidos, que antes, al darles encima el sol a través de los cristales de la claraboya, se iluminaban como una boca joven que sonríe. Siento terribles dolores cuando los brutos esos andan por mis cuartos con sus hierros, golpeando las paredes. Dolor y vergüenza. Me avergüenzo de que me vean así, mugrienta, sórdida, de que todo el mundo me vea así desde la calle, con sólo asomarse al vestíbulo donde ya no hay puerta y a los boquetes abiertos bajo los balcones sin persianas. Que me vean así... así... con el papel del escritorio cayéndose, con la lepra de humedad devorándome, con los vidrios del hall manchados y rotos, con la baranda de la escalera herrumbrosa: lo que fue blanco o celeste o azul transformado en negro, en colores sin color, impuros...
   M. Mujica Lainez, *La Casa*, Buenos Aires, Ed. Sudamericana, 1978, pág. 9.

2. Reelaborar el cuento con la niña de la cinta azul como narrador protagonista.

3. Señalar el nivel de lengua presente en el diálogo de los personajes y en el monólogo interior.

Después del Malón

Polo Godoy Rojo

EL AUTOR

Nació en Santa Rosa, San Luis, en enero de 1914.
Profesor de enseñanza secundaria, repartió su actividad entre dos grandes pasiones: la docencia y la literatura.
Enamorado de su tierra, le canta en poemas, cuentos y novelas de extraordinaria belleza, abrevada en las fuentes de la tradición que enriquece.
Ha obtenido numerosos premios y distinciones en el ámbito provincial y nacional. Actualmente reside en la provincia de Córdoba.

Obras principales:

De tierras puntanas (1945); Despeñadero Azul (1945); *El clamor de mi tierra* (1949); *El Malón* (1947); *Mi valle azul* (1955); *Campo guacho* (1960); *Nombrar la tierra* (1971); *Donde la Patria no alcanza*, novela, una de sus obras más premiadas; *De pájaros y flautas* (1977); *Cuentos del Conlara* (1979). Entre sus obras infantiles mencionamos: *Poemitas del Alba* (1953) y *Teatro de juguete* (1965).

De *Cuentos del Conlara* hemos seleccionado "Después del malón" para esta antología.

EL TEXTO ELEGIDO

Con la estructura lineal de los cuentos tradicionales éste parece el ejemplo esricto para aquella caracterización elaborada por Propp: el cuento es una totalidad, y reducido a la forma más sencilla, es un desarrollo en el cual se parte de un *daño* y se llega a una *reparación*.

La parte inicial del cuento es una sección negativa. Se produce la acumulación de las desgracias y también lo que Greimas llama "la alienación". El hombre sale de su estructura de valores.

La parte final es la sección positiva. Hay una reintegración del hombre a la órbita de sus valores y un equilibrio que supone la superación de las desgracias y carencias acumuladas al comienzo.

Estos planteos se cumplen tanto en lo externo: ataque de los ranqueles, pérdida de viviendas y haberes, huida; como en lo interno, en el alma del sacerdote que llora, se angustia, duda y finalmente también abandona el pueblo.

La recuperación comienza por el plano interior: el padre Sixto reflexiona y asume la responsabilidad de su misión pero ésta no se completará si no regresan los feligreses. Aquí para el desenlace hizo falta la intervención sobrenatural. Es el Señor de Renca quien los ha hecho regresar.

La presencia del niño, que espera y encuentra a sus padres, y del perro que lo acompaña, ponen la nota emotiva que contribuye al color del relato.

Las citas evangélicas en los labios o el pensamiento del sacerdote, los nombres de río, sierras, algunas plantas, y los giros campesinos en el habla de Pedrito, son indicadores ciertos para personajes y ambientes en este canto a la esperanza en la aldea de Renca.

DESPUÉS DEL MALÓN *

Cuando el alba subió por colinas y recuestos, el padre Sixto la esperaba hacía horas ya. La alta y delgada figura se movió en la luz y ganó la calle despareja y áspera de pedregullo. El aire fresco de la madrugada le infló los pulmones y jugueteó mansamente con su barba rojiza y con la sotana raída y deslustrada.

Tenía enrojecidos los ojos por muchas noches de insomnio y en el rostro anguloso y demacrado, la tajante señal de una honda preocupación; las manos finas y nerviosas ciñeron el blanco cordel a la cintura y los ojos pequeños y de vivo mirar escudriñaron anhelantes todos los senderos que dibujaba ya la luz difusa del amanecer.

Mientras el lucero cobraba altura en la inmensidad de la bóveda celeste que caía más allá de las sierras, el padre Sixto, escuchando las palabras de San Mateo: "Bienaventurados los que lloran porque ellos recibirán consolación",[1] y desbordado el corazón de aflicciones, continuó esperando en medio del silencio más profundo.

Hacía varios meses que una segunda invasión de los ranqueles había arrasado con cuanto existía en la aldea de Renca.[2] Milagrosamente los pobladores habían logrado escapar, apenas si con lo puesto, hacia las colinas cercanas, en desesperada fuga por tierras fragosas y quebradas.

Todo quedó a merced de los invasores que, ávidos, cargaron

* en *Cuentos del Conlara*, Córdoba, Ediciones La Docta, 1979.
 1 ... *Palabras de San Mateo*... *consolación*: cita del Sermón de la Montaña, en el Evangelio de San Mateo, Cap 5, versículo 4.
 2 *Renca*: pequeña villa fundada a principios del siglo XVIII a orillas del río Conlara. De esta localidad son los tres granaderos puntanos muertos en el combate de San Lorenzo. Conserva la escuelita fundada durante la presidencia de Sarmiento. En su antigua iglesia se venera el Señor de Renca, hermosa talla que representa a Jesús Yacente en la hendidura de un espino, abierta por el hacha.

con el botín deseado y remataron su fiesta de pillaje destrozando y quemando cuanto no les era posible llevar.

El padre Sixto, apenas si cargando con el espino del Milagroso Señor de Renca,[3] había conseguido huir también hacia los altos roquedales en medio de la dispersión general.

Parte de la noche y mitad del día siguiente estuvo aislado en el monte, alerta el oído, esperando que el tropel de los cascos le anunciara la retirada del cruel invasor, que en los últimos tiempos, seguro de que los debilitados fortines no les ofrecerían mayor resistencia, no se contentaba con excursiones relámpagos, si no que, cuando le parecía bien, acampaba durante un día o dos como en propio dominio.

Por fin, cuando desde su hontanar comprobó que el invasor se alejaba, a paso calmo, solo, temblándole las manos de desasosiego, regresó deseoso de comprobar qué había sido de la capillita que él viera perderse entre gruesas nubes de humo al alejarse.

Como una lluvia mansa el llanto le llenó el corazón ante el cuadro que tuvo ante sus ojos. De la capilla apenas si el altar y las fuertes murallas de adobes y parte del campanario quedaban en pie. Lo demás, imágenes y ornamentos habían sido destruidos. El mismo aspecto desolado y tétrico ofrecía el caserío, como si las furias de reciente terremoto lo hubieran sacudido en forma despiadada.

En aquel momento evocó el esfuerzo realizado por todos para levantar poco a poco aquella aldea pequeña, pero que se alzaba a la vera del Conlara [4] con tanta pujanza y que hasta entonces pareciera haber estado protegida por el Señor del Espino, que los pobladores veneraban.

Pero por dos veces consecutivas el río había sido transpuesto y los pobladores diseminados a los cuatro rumbos, lacerados en su fe, menguados en sus esperanzas y lanceados por la furia rebelde que les había llevado a descargar sobre ellos todo el odio acumulado por las traiciones y atropellos de los cristianos.

¿Qué hacer? El padre Sixto bebió en silencio sus lágrimas y náufrago en tal desolación, sin esperanzas de auxilio, sin posibilidades de conseguir manutención, amenazado por el retorno de alguna partida de indios, aun en contra de todos sus deseos, emprendió una marcha desazonada. Bajó por la barranca gredo-

---

[3] *Milagroso Señor de Renca*: ver Introducción.
[4] *Conlara*: río del Valle homónimo en la provincia de San Luis, nace en las sierras de San Luis, a 1500 m de altitud y muere al norte en dos bañados. (D. A. de Santillán: Gran Enciclopedia Argentina. Buenos Aires, Ediar, 1956).

sa del río, bebió largamente del agua cristalina, llenó cuidadosamente los chifles [5] contempló por última vez a lo lejos las ruinas de la capilla y subiendo por la barranca opuesta dejó atrás el río que culebreaba entre verdes esplendorosos.

A eso de medianoche, en tanto se reponía de su incesante andar, oyó a lo lejos algo que le pareció un gemido que a veces se prolongaba en atiplado llanto, cediendo su turno luego a un fúnebre aullido que resbalaba lastimeramente sobre el aire en sombras.

—Aquel que llora es un hijo del Señor —se dijo y olvidado de su fatiga avanzó gritando tan sólo por su oído, entre agudos piquillines y churquis [6] agresivos que se prendían de su sotana con saña. Cuando le pareció estar cerca, aumentó su cuidado; avanzó cautelosamente, inquieto el corazón, estremecida el alma por aquel lamento desconsolado. Al llegar a un desplayado, el cuadro que vio a la pálida luz de las estrellas lo consternó más todavía: un niño de diez u once años, tendido boca abajo, sollozaba sin consuelo.

El padre Sixto se le aproximó suavemente.

—¿Quién eres, hijo mío? —le preguntó en tanto le buscaba el rostro intentando reconocerlo. El niño no hizo movimiento alguno. Por un momento quedó mirándolo absorto.

—¡Querido! ¡Di qué tienes! —volvió a hablar el padre Sixto, en tanto inclinándose le acariciaba la cabeza.

Tornó el niño a mirarlo y exclamó como si no creyera lo que estaba viendo:

—¡Padre Sixto!.

—¡Pedrito! —Le ayudó a levantarse, le dio parte de su torta, le alcanzó el chifle y después, sentado, escuchó la historia del muchachito que era la de casi todos los pobladores de la aldea destruida.

—...y así quedé solo. De nadie supe. Me gané p'al campo buscando 'e salvarme... hi pasau mucho miedo y hambre, padre. —Y luego preguntó entre un entrecortado sollozo—: ¿Usté no vio a la mama o al tata, padre?

—No, hijo, no los vi —respondió—. Pero es seguro que estarán bien. Además, consuélate, porque ya no estás solo. El Se-

---

[5] *chifles*: asta de animal vacuno, generalmente de buey, a modo de frasco, que sirve para transportar líquidos en el campo. La punta está agujereada y tiene una tapa atornillada o a modo de tapón. La otra extremidad va cerrada con un trozo de madera. Se lleva suspendido de un cordón fijo en las dos extremidades. Los hay primorosamente trabajados, siendo delicadas obras de arte (Tito Saubidet: Vocabulario y refranero criollo, Kraft. Buenos Aires. 1943).

[6] *piquillines y churquis*: plantas xerófilas muy espinosas.

ñor nos acompaña, ¿ves? —Y con gesto pausado puso ante los ojos del niño, el pequeño santo clavado en el espino, alumbrado levemente por un pedacito de luna.

—¡El santito nuestro! —dijo el niño besándolo.

—¿Quieres irte conmigo?

—¿A dónde, padre?

—A donde sea; lejos de la desolación que dejamos atrás, lejos de todo lo que nos recuerde que un día fuimos felices y que ya no podremos serlo nuevamente.

Una mano llena de gratitud recibió por toda respuesta. Y una pregunta, que era un ruego:

—¿Y me dejará llevar también al Clavelito? —El padre Sixto no comprendía.

—¿Qué no lu'ha visto, padre? —añadió al tiempo que señalaba un perrito lanudo que dormitaba con el hocico pegado a la tierra, no lejos del amo.

Asintió sonriendo el padre y de tal manera fueron tres los que continuaron la marcha hacia las faldas de la sierra Comechingones.[7]

No eran pocos los vecindarios donde la indiada había arrasado con igual fuerza destructora que en Renca; a su paso lo comprobaban. El padre hallaba oportunidad para dejar en puestos y caseríos, su consejo sabio y su palabra llena de consuelo para todos los corazones.

—Esto pasará... vendrá el reinado de la concordia y del amor. —Pero le sucedía algo inexplicable; a medida que daba ánimo a los demás, sentía aumentar un remordimiento que atormentaba su conciencia y las palabras del Señor le sonaban sin cesar en el corazón: "No temáis a los que matan el cuerpo mas el alma no pueden matar".[8] ¿Por qué había abandonado su capilla? ¿No era aquél, su sitio destinado? ¿Y si sus fieles regresaban, qué pensarían de él al no encontrarlo? ¿Por qué había obrado así, cuando su deber le señalaba permanecer firmemente en su puesto?

Se abrió para sí el pecho y comprendió su grave error; había tenido miedo, mucho miedo; ya no le quedaban dudas. Había sido cobarde. Se había comportado como un chiquilín temeroso y desorientado. Y oraba y oraba y rogaba a Dios le diera mucha fortaleza y le alumbrara el mejor camino.

---

7 *Comechingones*: sección central de la Sierra Grande, en el sistema de Córdoba. Gran parte del trayecto de esta serranía se extiende por el límite de las provincias de Córdoba y San Luis. (D. A. de Santillán - obra citada).

8 ...*No temáis*... *matar*: Evangelio de San Lucas, cap. 12, versículo 4.

Y un día, tras un suspiro de alivio, habló a su pequeño amigo y compañero: —¿Sabes, hijo, que nos volveremos?
—¿Allá, padre? —Los ojitos chispeantes preguntaban también incrédulos. Para agregar luego de un momento de silencio—: Pero yo tengo miedo, padre. ¿Por qué no nos quedamos por aquí otro tiempito? ¿No ve qui'hasta aquí nu'han de llegar? El temor era más poderoso que el deseo de ver a los suyos, por eso hablaba, endulzado su canto provinciano por la sinceridad de lo que era desesperada rogativa.
—La casita del Señor está en Renca y allá debe morar; no temas; Él nos protegerá.
Y tras una nueva pausa, la esperanza otra vez cobró brillo en las palabras de Pedrito.
—¿Y más si ya 'tan de vuelta en Renca, mama y tata?
—Eso es casi seguro, hijo.
—¿Y a lo mejorcito m'están esperando y andan caídos [9] lo que yo no aparezco, nu'es cierto? —añadió juntando las manos como rogando para que toda esa larga aventura terminara bien.
Y una mañana fresca y fragante de la primavera serrana, emprendieron el regreso. El padre Sixto llevando siempre el espino con el Milagroso Señor, el niño con su alegría contagiosa y el Clavelito pisándole los talones a su amo. Muchos días anduvo todavía el padre merodeando la aldea, sin decidirse totalmente, a llegar, bajó quebraditas, se perdió en las abras procurando hablar con sus conocidos que habían buscado seguro refugio en las serranías, conformes con la vecindad de algún providencial ojo de agua.
—Hijos, ¿no vuelven a Renca? —les preguntaba al encontrarse con algunos de ellos.
Y las voces rudas que respondían desalentadas: ¡No, padre, pa'qué!
—Yo retorno allá a llevar al Señor a su morada. ¿Por qué no me acompañan? Y las mujeres y los niños, hambrientos y semidesnudos que le respondían como pidiéndole perdón:
—Iríamos... pero los indios es segurito que volverán... y les tenemos mucho miedo, padre.
Él no se daba por vencido y apelaba en apoyo de su iniciativa a las palabras de San Mateo: "Pedid y se os dará; buscad y hallaréis; llamad y se os abrirá".[10] ¿Por qué desesperáis? —preguntaba clamante, ansioso por convencerlos, hundiendo la luz de sus ojillos en los que no querían entenderle.

9 *andan caídos*: caídos; están deprimidos, tristes.
10 *Pedid ... abrirá*: Evangelio de San Mateo, cap. 7, versículo 7.

—¿Cómo se animan a dejarlo solo al Señor? —Y aunque sus palabras conmovían vivamente a sus oyentes, no cedían, sin embargo. Estaban acobardados.

—Volverán los indios, padre. Están muy bravos y quién sabe si otra vez alcanzaremos a salvarnos. ¿Qué vamos a hacer en defensa si no contamos con armas ni güena caballada? Nos tienen sobraus... Si el gobierno nos mandara un güen piquete...

—Pediremos y nos mandará.

—No, no —finalizaban diciendo con los brazos caídos.

—Está bien. Me iré solo y una semana los esperaré allá teniendo en guarda al Milagroso Señor para que vuelvan a poblar en su vecindad. Si para entonces no lo rodean con la fe que dicen poner en Él, tomaré otro camino, le buscaré trono en otros corazones más agradecidos donde crean de verdad en la pureza de su amor y lo busquen sin cansarse con los ojos para fortalecer su humana debilidad.

Y cruzaba de aquí para allá la alta figura del padre Sixto, venciendo con su entusiasmo el agobiamiento de años que tendía a encorvarlo más y más, aleteando la sotana a todo viento, ágil el pie en la gastada usuta,[11] que parecía llevarlo como sobre alas de milagro sobre roqueados y plantas espinosas. Su palabra dulce, pero terminante, llegaba y sacudía a todos los corazones:

—Una semana esperaré allá y vuestro deber es regresar. No lo olvidéis, hermanos.

Ahora, apenas si contando con la compañía de su pequeño sacristán, comprendía que estaba a punto de vencerse el plazo de una espera que se había hecho larga y desesperanzada. El último día había llegado. En vano en las mañanas anteriores había batido las campanas que volaban dando sones sobre el desamparado caserío. No le había afligido la soledad en la que miraba transcurrir los días ni la posibilidad de tener que marcharse después a donde le destinaran; su preocupación era más profunda y dolorosa.

¿No era suya la culpa de que sus feligreses hubieran perdido totalmente la fe por aquella debilidad que lo llevara a huir después del malón?

Largas noches había pasado sufriendo amargamente por aquello, pidiendo a Dios fuerzas para no desesperar; y aquella tre-

---

11 *usuta*: (ushuta) en la región de influencia quichua, sandalia u ojota, tal vez por corrupción de este último vocablo. (D. A. de Santillán: obra citada.)

menda soledad, aquellas ruinas perdidas en el más pavoroso silencio, lo conturbaban.

Pero ya el día definitivo había llegado. Lo había esperado de pie, impaciente y combatiendo permanentemente con la vieja duda que le ensombrecía los ojos y lo hacía ir de un lado para otro como sin sentido.

Finalmente, incontenible, había trepado por la semidestruida escalera a lo que quedaba del campanario a otear el horizonte con desesperación.

—¿No vienen, padre? —la voz del niño lo sacó de sus cavilaciones.

—¿A quién esperas? —respondió ocultando su desazón y sin poder acallar su mal humor.

—A la gente, padre. Ahora se cumple el plazo que les dimos, pues —agregó muy resuelto el niño.

Y de nuevo se quedaron mirando a lo lejos, ansiosos y en silencio. La mañana empezaba a dibujar nítidamente las colinas verdegueantes, los suaves aledaños, la hondonada del río, los senderos abiertos y semiborrados entre los ásperos pedregales.

Y fue de pronto como bajando de los cerrizales más altos, que unos puntos empezaron a tomar forma y movimiento.

El padre Sixto se llevó las dos manos al pecho. Luego extendiendo la diestra, tras un suspiro dijo:

—¿Ves? ¿Ves aquello? —su voz era ronca y temblorosa.

—¡Sí, sí, padre! ¡Vienen! —gritó el muchacho con entusiasmo.

—¡Sí, hijo, vienen! —y se abrazaban y reían, trepados arriba y el perro saltaba y aullaba compartiendo la alegría de ellos.

Y de inmediato, agitaron con fuerzas las campanas y el metal de su voz se entendió en cantos y en himnos por sobre las ruinas, llenó el cielo, invadió los senderos y salió al encuentro de las familias que regresaban, cansadas y aún temerosas, pero anhelantes de ver a su rancho y al santito querido, decididos a pagar con sacrificios y "mandas" [12] aquella hora de cruel descreimiento que había tenido.

El sol bailoteó en los picachos y se perfumó con todas las hierbas de la hondonada para salir a festejar la llegada de los que retornaban.

---

12 *mandas*: modismo chileno: Promesa que se hace a Dios o a un Santo.

Y allá, en lo alto, desde aquel pedazo de torre que ya se venía abajo, el padre Sixto dejaba caer mansamente consoladoras lágrimas, en tanto el niño, señalando las formas que se percibían claramente ya, gritaba:

—Padre, ¿no ve? aquel del sombrerito cario [13] es tata y más atracito viene mama con las chicas montadas en la cebrunita.[14] ¿No es un milagro, padre?

Sobre la orfandad y la ruina, por obra de la fe, amanecía de nuevo la esperanza en la aldea de Renca.

---

13 *sombrerito cario*: cario o cari: Voz araucana. De color plomo o plomizo. Es voz de uso general en la región diaguita, y en la Patagonia. Color franciscano también, según Segovia. (D. A. de Santillán. Obra citada).

14 *cebrunita*: ebruno: Se dice del caballo que trae la piel y pelos más oscuros que el bayo y con un ligero matiz del tostado. Muchas veces acebrado. Se diferencian un cebruno claro o un cebruno oscuro según sea más o menos pardo su matiz. Emilio Solanet (en Tito Saubidet, obra citada).

PROPUESTAS DE TRABAJO

El esquema actancial.

Desde este punto de vista, el personaje es un *actante*, es decir que se define por la acción que ejecuta.
El modelo de Greimas distribuye seis actantes:

el sujeto: que se dirige con una relación de querer hacia el objeto.
el objeto: aquello a lo cual el sujeto tiende.
el auxiliar: que da su apoyo al sujeto.
el antagonista: que se opone a la acción del sujeto.
el destinador o donante: hace posible que el objeto sea accesible.
el destinatario: que es quien recibe el objeto.

a) Reconocer los actantes en este cuento.

b) Distinguir el nivel de lengua de los personajes de acuerdo con su situación socio-cultural, y ejemplificar.

c) El autor imprime un sentido al cuento, que trasciende lo puramente anecdótico; intenta hacer llegar un mensaje. Descubrirlo en este cuento y enunciarlo.

Para que no entre la muerte

Daniel Moyano

EL AUTOR

Nació en Buenos Aires en 1930. Después de una infancia conflictiva y dolorosa, se traslada a Córdoba, donde inicia sus estudios de idiomas y asiste como oyente a la Facultad de Filosofía y Letras.

En 1959 se radica en La Rioja, con cuyo paisaje y ambiente se identifica; termina allí su bachillerato, enseña violín, es ejecutante de viola y ejerce el periodismo (Meridiano *de Córdoba;* La Gaceta *de Tucumán y* La Prensa *de Buenos Aires).*

Entre sus preferencias literarias destaca a Juan José Hernández, Antonio Di Benedetto y Haroldo Conti en la Argentina; y Rulfo, Carpentier y García Márquez en el exterior.

Posteriormente se traslada a Madrid y trabaja en una empresa petroquímica.

Obras principales:

Cuentos: *Artistas de variedades* (1960); *El rescate* (1963); *La lombriz* (1964); *El fuego interrumpido* (1967); *Mi música es para esta gente* (1970); *El monstruo y otros cuentos* (1972); *El estuche de cocodrilo* (1974). De este último seleccionamos el cuento aquí presentado. Novelas: *Una luz muy lejana* (1966); *El oscuro* (1968) y *El trino del diablo* (1974).

EL TEXTO ELEGIDO

La historia de un destino gris, opaco y miserable, que tiene como protagonistas a personajes de los sustratos sociales más bajos de un pueblo, conforma la temática de este cuento.

A medida que la pequeña ciudad crece, los hombres son desplazados poco a poco, a lugares donde la supervivencia es un acto de heroísmo.

El relato se articula en torno a la figura patriarcal del abuelo, prototipo de experiencias de vida y apego a su tierra; centro del grupo familiar a cuya sombra crecen y se afianzan los nietos. Hombre sin ambiciones, en actitud contemplativa y con indolencia, acepta su sino y su lugar de nacimiento que transforma en el lugar de su muerte.

Resignado y silencioso, ve transcurrir lentamente su vida con una sola ilusión: construir la casa *"donde no entre la muerte"*, una forma más de arraigarse a esa tierra que es su única riqueza.

Existe en la narración un trasfondo filosófico en relación con los

119

misterios de la lluvia; la creciente es símbolo del proceso vital que implica vida y también muerte.

El nieto, narrador protagonista, es la prolongación de la figura ancestral del abuelo y acepta las circunstancias tal como se dan en el devenir de los tiempos, en tanto que las tías y sus hijos emigran hacia la ciudad en busca de mejores condiciones de vida, lo que significa el abandono y el desarraigo.

La crítica social aparece en un doble planteo: por un lado la injusticia que sufren los desposeídos frente al bienestar de los poderosos, y por otro, el empobrecimiento de la región, cuyas riquezas fluyen hacia la gran capital que absorbe la savia nutricia del interior y hasta la proyecta fuera de los límites del país: *"Porque si no esta zona será siempre muy pobre. Las cosas pasan por este arroyo, llegan al río y siguen saltando y bamboleándose; luego el río avanza hacia ríos más grandes, con riqueza acumulada y todo va a parar finalmente a Buenos Aires, y después al mar, y a Europa, y nosotros nos quedamos con las manos vacías".*

PARA QUE NO ENTRE LA MUERTE [*]

El Viejo fijó un buen rato los ojos en el arroyo, por lo menos hasta la primera curva, donde aparentemente desaparecía; después dio una chupada a la pipa y se quedó como pensando.
—¿Pasa algo? —dije sin mirarlo, con los ojos clavados en el agua para tratar de ver lo que él había visto.
—Están pasando muchas cosas en este momento —me llegó la voz—; debe haber comenzado a llover en las sierras grandes. La creciente llegará aquí en un par de horas. Vamos a buscar las redes.
Habíamos perdido muchas crecientes por no conocer bien las costumbres de la lluvia. Muchas veces, a pleno sol, habían pasado crecientes hermosas llevándose lejos, hacia las ciudades ricas y poderosas, preciosos cargamentos de objetos que hubieran sido útiles para nuestra casa. Porque nosotros a la casa la hicimos con el río.
A medida que en el pueblo se construían hoteles para los turistas, a nosotros nos obligaban a corrernos más hacia las afueras. Ya habíamos hecho como cuatro o cinco casas utilizando los troncos y las cañas que había en los suburbios, pero ahora, donde nos había tocado, no había más nada. Las lomas estaban roídas por las cabras y el terreno pedregoso llegaba hasta la orilla misma del arroyo. Cuando llegamos con los colchones al hombro, algunas gallinas y nuestra colección de tías, los vecinos ya habían utilizado todo el material posible de la zona. Nos ayudaron a reconocer la parte del terreno que nos correspondía —puras piedras— y nos alquilaron una piecita al frente del terreno, del otro lado del arroyo, hasta que pudiésemos construir la casa. Era fácil ver en los alrededores que donde faltaba un árbol, ese árbol estaba clavado en forma de poste formando la esquina de una casa. Las piedras más o menos cuadradas

[*] en *El estuche de cocodrilo*, Buenos Aires, Ediciones del Sol, 1974.

habían desaparecido también, y eran o pared o piso en las casas desparramadas por el pedregal ése. Tampoco había lajas ni adoquines ni piedra bola; todo había sido aprovechado por los que llegaron primero.

Me acuerdo que mientras mis tías sacaban sus vestidos azules y rojos de los baúles y los colgaban en los clavos de las paredes de la piecita, yo y el abuelo [1] nos sentamos en medio del terreno a pensar qué se podía hacer.

—Acá ya no queda nada, más vale que busquen otro lugar más lejos —nos dijo uno de los vecinos mientras rasqueteaba a su caballo.

Mi abuelo debió estudiar profundamente el arroyo en ese momento, porque después de mirarlo un rato dijo:

—Nos quedaremos.

Lo que no recuerdo es si mi abuelo era joven antes de llegar aquí, porque después supimos, durante el resto del tiempo, que él había envejecido después de descubrir los misterios de la lluvia. Que era como saber, según lo supimos siempre, todas las cosas de la vida y de la muerte. Pienso que sus cabellos se pusieron blancos en esos minutos, porque una vez, cuando le pedí que me explicara el asunto de las crecientes, que él preveía con varias horas de anticipación, me dijo que si lo aprendía envejecería en el acto. Pero las cosas se equilibraron, porque si envejeció en ese momento, ya no necesitó fuerzas para acarrear piedras desde lo alto de las lomas (además ya no había), ni troncos desde la llanuras distantes, porque con las crecientes todo se lo traía el río y se lo dejaba en el mismo terreno, gracias a la red que habíamos construido con alambres también traídos por el arroyo.

Nuestra llegada, mejor dicho de mis tías con sus vestidos al viento llenos de colores y de pliegues, fue una alegría para el barrio. Vivíamos todos amontonados en la piecita y teníamos una radio de pilas ante la que mis tías lloraban inclinadas cuando oían alguna canción de Libertad Lamarque.[2] Mis tías eran hermosas y los hombres, a la tardecita, rodeaban nuestra pieza esperando que saliera alguna de ellas. Salían por las noches, perfumadas, y se iban con los hombres a caminar por las riberas siguiendo el canto de los sapos y, de tanto en tanto, según la luna, nacían hermosos bebés, que en poco tiempo se prendían de los bigotes del abuelo. Cuando les dolía la pancita, yo seguía el curso del arroyo y buscaba menta para las infusiones,

---

[1] *yo y el abuelo*: en vez del abuelo y yo, como establece el uso corriente.
[2] *Libertad Lamarque*: famosa cantante popular argentina contemporánea.

y al volver oía que el vecino rasqueteador de caballos le decía a mi abuelo que era muy difícil alimentar tantos chicos. El viejo consultaba al río antes de responder y luego de una corta meditación decía:

—Que nazcan. Ellos son la única alegría que podemos tener en la vida.

Yo mismo había nacido así y era una de sus alegrías.

El año de la Gran Creciente murieron muchos bebés, porque dicen que el agua había sido revuelta por los microbios. Lloramos todos muchas veces y mi abuelo se sacó el sombrero por primera vez en varios años. También vinieron a llorar los hombres de los alrededores, y por un tiempo más o menos largo no volvieron a salir con mis tías siguiendo el canto de los sapos. Aprovechamos esos días de mucho silencio para reforzar nuestras redes. El abuelo decía que había que detener en todo lo posible las riquezas que traían las crecientes, "porque si no esta zona será siempre muy pobre. Las cosas pasan por este arroyo, llegan al río y siguen saltando y bamboleándose; luego el río avanza hacia ríos más grandes, con más riquezas acumuladas, y todo va a parar finalmente a Buenos Aires, y después al mar, a Europa, y nosotros nos quedamos con las manos vacías".

Aquel día la creciente había sido muy rica. Además de ladrillos medio redondeados pero sanos había traído adoquines, muchos tarros y piedras grandes de varios colores. La parte de red que me tocó controlar sólo dejó escapar una lata de querosén de veinte litros, que abierta hubiera significado una buena parte de techo. La vi bambolear por encima de las crestas sucias, casi en el aire, y perderse vaya a saber hacia dónde, pero logré detener una gran piedra blanca, casi cuadrada, que ahora forma el ángulo más vivo de nuestra casa. Después separamos las piedras por formas, luego por colores; también los adoquines, los ladrillos, que eran muchos, y la gran cantidad de tarros para el techo. Cuando pasó la creciente, pese al fresco que hacía, mi abuelo y yo sudábamos.

Mis tías salieron todas juntas de la pieza y levantándose los vestidos azules cruzaron el arroyo para ver cuántas maravillas nos había dejado la creciente. Ellas mismas se pusieron a ayudarnos a separar todo y, mientras lo hacíamos, cantábamos sin saber que estábamos cantando. Todos estábamos contentos porque había material para proseguir la casa, que ya tenía casi treinta centímetros de alto. Ahora podríamos llegar al metro por lo menos. Solamente el viejo no estuvo muy contento, y no quiso contestarme cuando le pregunté por qué estaba así. Pero me respondió años después (años que para él no significaban nada, porque estaba acostumbrado a usarlos), me dijo cosas que no pude entender, y que sin duda se relacionaban con esos días de silencio, de los chicos cuyos rostros yo había olvidado completamente, de las aguas revueltas por los microbios y de otras cosas más que el abuelo mismo temía. Creo que fue entonces cuando me dijo que era mejor no entender nada para no envejecer de golpe.

El verano terminó, y con él las lluvias, y mis tías estaban impacientes porque termináramos por lo menos una pieza y la techáramos. Sobre todo dos de ellas, que esperaban alumbrar hacia la mitad del invierno, pero el viejo vacilaba antes de decidir un cambio de emplazamiento de la casa, que tenía muy pensado. Se pasó varios días mirando no sólo el río, sino también las plantitas que crecían en las riberas. Levantaba piedras, observaba los bichos que vivían debajo de ellas, cortaba y olía las hojas de las pocas plantas que sobrevivían en el pedregal. Un día decidió que sacáramos todas las piedras que ya habíamos puesto y que llegaban apenas a treinta centímetros de altura, porque había resuelto construir la casa más lejos del arroyo, casi sobre el nacimiento de la loma. Ciertamente el viejo se volvía más misterioso a medida que avanzaba en el conocimiento del arroyo y de las lluvias. Observaba cuidadosamente el desplazamiento del sol entre las estaciones, y todo lo que clavaba o plantaba tenía relación con el giro del fuego. La única explicación que nos daba era:

—Ustedes no entienden nada de estas cosas. Tenemos que protegernos.

Finalmente cavamos los cimientos otra vez en un lugar muy incómodo que nos obligaba a hacer un rodeo para traer el agua y para salir a la calle natural que corría junto al arroyo y llevaba al pueblo. Mis tías protestaron hasta muy avanzado el invierno, y después callaron cuando el viejo anticipó la nevada. Hacía cuarenta años que no nevaba en la zona. Desde entonces nunca más discutieron sus puntos de vista.

Antes de decidir el nuevo emplazamiento, desapareció por una semana. Se había ido al monte, que estaba al otro lado del río grande. Volvió lleno de pelos, yuyos y bichos, medio quemado por el sol y con un gesto triunfante. Trajo dos quirquinchos que le habían sobrado de la cacería que hizo para alimentarse esos días, y anunció, muy contento, que ya sabía dónde haríamos la casa.

—En esta casa no podrá entrar nunca la muerte —dijo estirándose los bigotes.

Mis tías entonces hicieron girar sus dedos índices sobre las sienes y le sacaron la lengua.

En el verano siguiente, durante el tiempo que le dejaba libre el olfatear las crecientes, marcaba en el suelo la sombra que proyectaba una estaca alta clavada frente al sol. La sombra era paulatinamente más larga y luego, a medida que se iba el verano, se acortaba. En todos los casos mi abuelo marcaba bastante hondo en el suelo el alcance de la sombra, de modo que al final había un montón de rayas profundas que sin duda tenían una relación directa con la orientación de la casa, o quizá con su muerte, vaya uno a saberlo. Se lo pregunté y él admitió ambas cosas casi sonriendo y me dijo que no me convenía ahondar más en el asunto. "Eso déjalo para mí, que ya estoy viejo."

El abuelo tenía razón. Cuando terminó la casa empezó a morirse. Pero fue una muerte larga, que duró varios años. Creo que comenzó a morir aquel día que volvió del monte, lleno de bichos. Esa noche se le descolgó una arañita del ala del sombrero, y una de mis tías, asustada, se la quiso sacar.

—No la toquen; dejen esa araña donde está —le oí gritar por primera vez.

La araña, comprendiendo, subió por su hilo y se escondió otra vez en la cabeza, debajo del sombrero.

Habíamos terminado las dos piezas de mis tías, una hecha enteramente de adoquines y otra de canto rodado. A los pocos días de mudarnos, los hombres de mis tías tenían que cruzar el arroyo, de noche, haciendo equilibrio sobre las piedras para poder darles las serenatas de costumbre. Conocíamos perfectamente sus voces y sus desafinaciones. Ése es Evaristo, ése Pablito, ése Pepito, decía mi abuelo en la sombra del cuarto, mientras se dormía con el sombrero sobre la cara para evitar la luz de la luna que entraba por la ventana. A mí me quedaba más lejos el camino del arroyo para ir a buscar los yuyos contra el dolor de panza de los chicos, pero después sacrificamos algunos tarros destinados al techo de la cocina y en vez de abrirlos trasplantamos en ellos las variedades principales para tenerlas de noche al alcance de la mano. Dormíamos en la pieza de las tías solteras, para evitarle al viejo el llanto nocturno de los chicos, que le impedía oír el ruido del agua del arroyo, tan importante para él. Nos faltaba la cocina, que tenía ya la mitad de su altura, hecha con ladrillos redondeados por las aguas. Ese año hubo varias crecientes, pero no trajo ladrillos, solamente piedras y adoquines, y el viejo quería terminarla con el mismo material con que había empezado. Además, no se podía poner en la parte alta de las paredes material más pesado que los ladrillos carcomidos por el arroyo. La última creciente grande vino llena de víboras, y nadie se animó a meter un solo dedo en el agua. Durante varios días tuvimos que ir a buscar el agua, en tarros, al hotel de los militares, al pie de la montaña que quedaba bastante lejos. Nos llevaba casi todo el día ir y volver, pero los hijos de mis tías se salvaron de los tremendos dolores de estómago y de la mala suerte de varios niños que las aguas contaminadas silenciaron río abajo ese año.

Un día, con una lluviecita muy pobre, sin creciente, llegaron por el arroyo cerca de trescientos tarros vacíos de duraznos. Venían del hotel ése, donde los coroneles pasaban quince días de vacaciones. Eran todos del mismo tamaño y de idéntico color, lo cual favorecía la construcción. El viejo decidió entonces, muy a su pesar, terminar la cocina. Abrimos una gran cantidad de tarros para terminar las paredes y luego y con los mismos tarros hicimos el techo de dos aguas. Como sobraron muchos, cortamos algunos por la mitad, sin abrirlos pero desfondados, para hacer las canaletas de desagüe. Mis tías quedaron maravilladas de los detalles. La cocina parecía una casita dibujada, con su chimenea de latas tan azules como el humo.

Generalmente los hoteles arrojaban la basura al arroyo. Un día vimos pasar alrededor de dos mil patas de gallina. Mi abuelo dedujo que se trataba de la colonia militar, que era el hotel más grande de la zona, explicando que si eran dos mil patas se trataba de mil pollos, de los cuales podían comer bien alrededor de dos mil coroneles. Yo los conocí. Eran muy buenos conmigo y me daban propinas cuando trabajaba de parapalos en la cancha de bowling [3] del hotel.

Hacía unos días que habíamos terminado la cocina cuando al viejo se le aflojó el primer diente. Se estuvo hurgando un rato con los dedos y protestando, hasta que se lo sacó y lo arrojó por la ventana. Fueron inútiles todos los yuyos que tomó (traídos a veces desde la cima de la montaña, donde el viento y las plantas son más limpios), porque cada tres o cuatro días se le aflojaba otro más, que él arrojaba afuera maldiciendo la vida, y yo cada día entendía menos lo que decía, hasta que se quedó sin uno solo y no pudimos entenderle nada por un tiempo.

Las demás partes del cuerpo se le fueron yendo poco a poco, y cuando se habían ido del todo vino la Creciente Terrible que casi se lleva el hotel de los coroneles. Estuvimos toda la noche tapándonos los oídos y tocándonos el corazón con las manos para que no se nos soltara de miedo, oyendo las piedras inmen-

---

[3] *bowling*: palabra de origen inglés que designa al juego de bolos.

sas que la creciente arrojaba contra la pared más gruesa de la casa, donde el viejo no había dejado ninguna puerta ni ventana.

Al otro día el arroyo, que había cambiado de curso, estaba en el lado opuesto al que había tenido siempre, y ahora si todo era natural; pasaba al frente mismo de la casa, y los yuyos para los hijos de mis tías quedaban al alcance de la mano. El arroyo pasaba ahora por los lugares que mi abuelo había marcado pacientemente siguiendo el curso del sol con la sombra de las estacas. Nuestra casa se había salvado, pero el río se llevó varias, con todo lo que había adentro, entre ellas la del hombre que rasqueteaba los caballos y que, según dicen, le había dado en otros tiempos muchas serenatas a una de mis tías, que lloraba mucho.

Nosotros lloramos ese día todo lo que había que llorar por los que se había llevado el agua. Vinieron fotógrafos de ciudades distantes y un avión estuvo dando vueltas por el lugar.

Ahora hace mucho que no llueve, y harían falta algunas crecientes para mejorar ciertos detalles de la casa. A veces miro el río y noto cambios de color o de sonido, pero evito mirarlo mucho, porque no quiero envejecer. Algunos de los hombres de mis tías consiguieron trabajos buenos y se fueron de aquí con ellas. Hoy están en Buenos Aires, son señoras elegantes y tienen hermosos perros que sacan a pasear por las plazas iluminadas. Muchos de los chicos que tomaban las infusiones que yo hacía con yuyos, se han ido también y trabajan en grandes fábricas, amplias y hermosas, a las que entran y salen como si fueran los propios dueños.

El viejo me dijo varias veces que cuando él se fuera se prolongaría en mí, que seguiría viendo por mis ojos, tal como sucede cuando advierto el cambio de color en el agua. Algunas veces siento deseos de irme de este pueblo, pero advierto que, pese al deseo, el río no me ha dado todavía los medios para hacerlo.

Los otros días se me descolgó una arañita del sombrero que heredé del abuelo. La tomé por el hilo y la tiré al río. Después estuve mirando un rato cómo el agua se la llevaba, probablemente hacia las ciudades ricas y llenas de luces.

PROPUESTAS DE TRABAJO

1. Rastrear en periódicos y revistas, noticias que presenten problemas económicos regionales.

2. Organizar un debate para que cada alumno opine acerca del probable simbolismo de la arañita y su hilo, en el cuento.

3. Averiguar los distintos indicios de que se vale el hombre de campo para pronosticar los fenómenos de la naturaleza.

4. Buscar en la Introducción la leyenda por la que se señala otro origen para las crecientes, y compararlo con el indicado en el cuento. Deducir el régimen de los ríos de esta región.

El caballo encontrado

Rogelio Pérez Olivera

EL AUTOR

Habla Rogelio Pérez Olivera:

A los jóvenes   "San Juan, 21 de octubre de 1982.
que lean mi cuento "El Caballo encontrado"
Presentes

Distinguidos amigos:
  Digo distinguidos por la diferencia que, en lo cultural Uds. ostentan, preocupados por ingresar de pleno en el ámbito inabarcable de la literatura, mediante la que se asegura la elevación de la personalidad.
  Pensando en que, calidad del libro aparte, a Uds. ha de interesarles tener alguna noticia del autor que las circunstancias han allegado a Uds. Con ese criterio, debo informarles:
  a) Que soy un joven anciano de 75 años en quehacer constante.
  b) Que tengo en circulación los siguientes títulos: Cuentos del foro y sus aledaños - Coplas de parra y vino - Poemas del amor deshabitado - La casa de Astrea - Púrpura y ceniza - Puerto de coplas - Quincalla coplera - Caravana de coplas - La noria insomne - Del amor por amor al amor - Adivinanzas en coplas - El Tiempo y el tiempo Veteranías; *y muchos trabajos que aparecieron en diarios y revistas.*
  c) Que poseo las profesiones de Procurador Judicial; Escribano Público y Martillero. Ejerzo esta última.
  d) Que soy miembro de la Sociedad Argentina de Escritores y de varias otras instituciones dedicadas a la promoción de las artes.
  e) Que muy grato quedaré por el servicio que prestarán a mi espíritu, en el supuesto de que mi cuento haya merecido la aprobación de Uds. y hayan sido felices con su lectura.

Cordialmente:

Rogelio Pérez Olivera"

EL TEXTO ELEGIDO

Rogelio Pérez Olivera muestra en esta pieza un hábil manejo de las técnicas del cuento: breve serie de incidentes trabados en una sola línea argumental, escasos indicadores de tiempo y lugar, final imprevisto y natural.

La acción se desarrolla sin digresiones en un solo planteo temático por medio de una acumulación de períodos oracionales breves que aceleran el ritmo de la narración.

Caracteriza a este relato la precisión de elementos; un solo personaje; escasos, pero significativos recursos descriptivos y un desenlace donde se conjugan el mundo real y concreto con otro ilusorio y fantástico.

El ambiente se logra a través de exactas descripciones del paisaje regional: médanos, desiertos, llanuras de pobrísima vegetación achaparrada, todo teñido con la impronta de un sol de fuego.

Es este elemento el que adquiere una proyección trascendente, cuando las nubes al abrirse dejando pasar sus rayos, presagian el desenlace sobrenatural en el que lo celestial y demoníaco están presentes.

El estilo es dinámico, con unidad admirable, adjetivación precisa y metáforas que realzan notoriamente las peculiaridades del paisaje.

EL CABALLO ENCONTRADO *

Ricardo era un creyente a su manera, y como religioso un desteñido. Nunca tuvo una peripecia de esas en que no hay otra escapatoria que la milagrosa protección de Dios. No estaba, pues, probado en esos trances. Aquella mañana en que el "jeep" se le plantó de golpe, como si un síncope le hubiera partido el corazón del motor dejándolos en la peor impotencia en un recoveco de las serranías de *"El Gigantillo"*,[1] con todo su equipo de agrimensura, fue una experiencia conmovedora para la reflexión profunda, por las derivaciones de aquella contingencia. Cuando con su ayudante se convencieron de que la falla era irreparable en aquel desierto, decidió emprender viaje en busca de auxilio. Teniendo a la vista las cartas aerofotogramétricas de la zona que constituían la base de la labor de señalamiento y otras demarcaciones que estaba realizando, se orientó fácilmente y calculó que antes de quince kilómetros podría llegar a algún sitio poblado. Dejó a su colaborador al cuidado del equipo, con los bastimentos y él se puso en camino. Sin inquietarse, Ricardo marchaba resueltamente; ni recordaba el peso de los fortachos borceguíes.

Habría abatido, apenas, tres o cuatro kilómetros cuando el relieve topográfico comenzó a tipificarse en médanos lomudos que se sucedían en abstrusas ondulaciones desorientadoras. La marcha se tornó recia y lenta. El calor acrecía por el esfuerzo. La caramañola estaba muy activa, arriesgándose en el agotamiento. Sin poder determinar hasta dónde se extenderían los médanos, Ricardo halló motivo para desasosegarse y reflexionar previsiblemente sobre la vicisitud que protagonizaba. Por el momento el jadeo parecía fatigarlo, insinuándole que se tumbara a descansar, pero Ricardo desechaba esa sugerencia, ante el te-

---

* Inédito. Texto facilitado por el autor.

1 *serranía de El Gigantillo*: elevaciones del borde occidental de las Sierras pampeanas; se sitúan al S.E. de la provincia de San Juan.

mor de perder el dominio visual del paisaje y extraviar el rumbo; además, el sol picaba paulatinamente más. La prudencia aconsejaba esforzarse por superar esta zona movediza y ardorosa. Tras una loma recta y extensa la geomorfía azarosa de las arenas concluyó rotunda en una despejada llanura de escasa vegetación con dispersos rodales salitrosos y otros ligeramente deprimidos donde se acumulan las aguas llovidas. El cambio de la agobiante escena de los médanos proporcionó un saludable alivio a Ricardo que hasta estuvo dispuesto a entretenerse con liebres, vizcachas, perdices, zorros y otros recónditos pobladores de aquellos desiertos, pero desistió del intento pensando que sólo traía seis cartuchos para cualquier contingencia personal. Una gruesa y larga serpiente se deslizaba repulsiva. El aleve reptil lo excitó más allá de la previsión, montó la escopeta y colocándose detrás de la asquerosa alimaña, le destrozó la cabeza. El estampido del arma cuarteó en multiplicados ecos la ancha planicie, alborotando a los perseguidos animales que moran esas desolaciones. El calor ahora achaparraba y por el cielo alto un escuadrón de nubes avanzaba desde el sur lejano.

Los pies, en los burdos zapatos, se le habían hinchado hasta el dolor. En tales condiciones era un atentado continuar. Se sentó sobre un montículo y se quitó los borceguíes con el designio de ventilar los pies y orear el calzado. Tuvo el coraje de malgastar un poco del agua escasa que le restaba, para empapar el pañuelo que alternativamente lo aplicó a uno y otro de sus sacrificados pies. El ceremonioso tratamiento le insumió un rato mucho más largo que el propuesto, porque la caminata forzada en la ominosa ondulación de los médanos le había inflamado tanto los pies que no era fácil volverlos a calzar.

Reiniciada la aciaga caminata el hombre creía que no alcanzaría a llegar a ningún sitio anhelado. La mortificación en los pies lo trastornaba horriblemente. Confuso por el desarreglo nervioso y doloroso comenzó a descongestionar su espíritu echando maldiciones a diestra y siniestra por la desdichada aventura en que lo jugaban sus circunstancias.

De esta trampa, si no me salva Dios, que me saque el Diablo —decía para su coleto como si impetrara— mientras caminaba gesticulando torturas. Las esperanzas comenzaron a flaquearle desde que aceptó que sus pies destrozados no le responderían. Ese pensamiento escéptico era una cuña introducida en su ánimo y lo desangraba psicológicamente. Ya no caminaba, arrastraba los pies mortificadamente. A cien metros tenía el único bosquecito de árboles encontrado en la travesía. Se componía de cinco chañares puestos allí, como a propósito, igual que en una escena de teatro. Le parecía que esa sombra quimérica era un hallazgo. Pensó que bajo esos chañares acamparía hasta recuperarse. Pondría señales a su rumbo y pasase lo que pasase, se tumbaría para no sucumbir más allá. Se sentía insolado. La pesadez en la cabeza que lo agobiaba y un estado nauseoso sintetizaban los síntomas. Se hurgó los bolsillos y tuvo suerte: encontró dos genioles molidos en su envoltura y se los tragó con un sorbito de agua.

La sombra que proyectaba el bosquecito, a las cuatro de la tarde, se extendió a recibirlo a mitad de la distancia. Y oh sorpresa, había al parecer tomado contacto con otra vida humana, tenía al alcance de la mano un inesperado apoyo salvador. Allí entre los chañares estaba ensillado un hermoso caballo alazán. El jinete no estaba a la vista; pero habría de encontrarse en los alrededores. ¿O se trataba de una alucinación? No, la noble bestia parecía un envío de la Providencia. Con las riendas cruzadas sobre la montura reposaba tranquilamente. ¿Quién lo dejó allí? Ricardo hizo un examen ligero y prolijo. El caballo estaba fresco y denotaba no haberse movido del lugar por varias horas. Ningún signo de sudor bajo el cojinillo. A las palmadas amistosas en el pescuezo el animal giraba aquiescente la cabeza, mirando complacido al amo casual. Diligente, Ricardo ató las dos riendas a un chañar y continuó indagando. No se observaban rastros indicadores de dónde podría haber venido el jinete ausente. ¿Los habría borrado el viento? Pero esa hipótesis no encajaba en la composición arcillosa del terreno. En la llanura anchurosa retumbaron los gritos de Ricardo llamando al ignorado jinete, para ubicarlo y socorrerlo si fuera menester; para hacerse presente y pedirle, al propio tiempo, su ayuda. Pasó más de una hora, hasta enronquecerse, lanzando gritos inútiles y esperando ociosa y ansiosamente que apareciera el jinete desconocido. Creyendo que el problema de conciencia estaba resuelto a través de los llamados y la espera, y que de tomar el caballo para sí no importaba un delito de apropiación indebida o de hurto o lo que fuere, en el estado de necesidad en que se hallaba, optó por montar al manso alazán que habría detenido allí su marcha buscando instintivamente quizás, auxilio para su jinete caído enfermo o muerto en algún incierto lugar distante. El caballo era lo que se llama un *sillero* de primera. Dócil a la rienda, de suave paso largo y sobre todo, de notoria mansedumbre.

Ricardo quiso ratificar conceptos de conciencia haciendo una última inspección ocular por los alrededores en busca del dueño del caballo. Cubrió observando minucioso un extenso círculo, sin advertir el más leve signo para enhebrar una hipótesis o colegir cuál habría sido el destino del dueño del alazán. Cumplido ese último requisito moral, Ricardo enfiló la marcha en la misma dirección que trajera.

A menos de quinientos metros del bosquecillo comenzaron a mostrarse las huellas y rastros todavía frescos e intensos de llantas de automotores, algunos de zapata de oruga, cascos de caballería y de nutridas pisadas humanas, dejadas por las recientes maniobras realizadas por el ejército en la vastedad de esa zona. Nubes gruesas rodaban ocultando por momentos al sol mientras el hombre marchaba relajado físicamente en la confortable montura, en tanto sus pensamientos divagaban adictos al presumible drama del jinete perdido. El horizonte se marcaba por una alta loma que Ricardo ya había pensado trepar para otear desde arriba y escoger en definitiva el rumbo que lo conduciría a la población más próxima.

El paso seguro y firme del caballo infundía a Ricardo la tranquilidad que antes lo había abandonado. De repente las nubes se abrieron dejando entre sí una ancha y profunda avenida por la cual los rayos se concentraron sobre la loma, al tiempo exacto en que el caballo se detuvo envarado, como si se hubiese metido de sopetón en un embrollo de alambres de púa. No pudo dar un paso más. Un temblor frenético lo anonadó, achicándolo vorazmente, hasta que en un instante, la piernas del jinete tomaron contacto con el suelo. La reducción fue tan fugaz como inverosímil. El volumen del caballo llegó a semejarse al de un perro. Ricardo había ganado distancia espantado, para observar finalmente cómo el minúsculo montoncito de la cabalgadura, como si hirviera o fuera un extraño géiser, se extinguió en una humareda amarilla, de insoportable olor sulfúrico. El humo se esparció rasante hacia el norte.

Los ojos asombrados de Ricardo descubrieron cómo, en el centro del lugar del fenómeno se proyectaba la sombra de la gigantesca cruz, que en la cima de la loma habían construido los soldados del ejército, por iniciativa del capellán, como acostumbran a hacer al finalizar las maniobras.

PROPUESTAS DE TRABAJO

En todo cuento hay una *trama* que es el desarrollo de la acción y se organiza generalmente en tres momentos sucesivos:

exposición: antecedentes de la acción, presentación de los personajes, descripción del ambiente y de la época.

nudo: complicación gradual y paulatina de los hechos narrados hasta desembocar en una crisis o conflicto.

desenlace: resolución final del conflicto.

a) Marcar en el cuento los tres momentos mencionados.

b) Cambiar el final del cuento a partir de: *De repente las nubes abrieron...*

c) Ubicar la región descripta en el mapa de San Juan; extraer del cuento sus características geográficas.

El Delantal

Ángel María Vargas

EL AUTOR

Nació en La Rioja en 1913. En Rosario inició estudios universitarios en la Facultad de Medicina que luego abandona para dedicarse al periodismo y las letras.

En su ciudad natal fundó el diario La Rioja, *del que es Director hasta su desaparición en 1953. Desempeñó diversos cargos: Ministro de Gobierno e Instrucción Pública, Intendente Municipal de la Ciudad de La Rioja, presidente del Círculo de Periodistas.*

Fundó la Biblioteca del Pueblo y el Museo Municipal de Bellas Artes.

Dos cuentos, El Delantal *y* La Felicidad, *obtuvieron premios en los concursos realizados por el diario* La Prensa *en 1932 y 1939.*

En 1940 publicó su único libro, El Hombre que vio las estrellas, *premiado por la Comisión Nacional de Cultura y que incluye casi todos sus cuentos de ambiente riojano, reproduciendo en ellos con ternura y suavidad personajes y costumbres provincianas.*

Murió en La Rioja en 1976.

EL TEXTO ELEGIDO

Cuento de suave lirismo. El estilo es delicado, poemático, cuajado de imágenes de todo tipo, de extraordinaria plasticidad y vívidas descripciones. Se desarrolla en un leve vaivén de presente —muerte de la madre— y pasado —evocación de la madre viva— que coinciden con los momentos melancólicos y gratos de la narración.

Con lenguaje cinematográfico aplica la técnica del *flash-back* (retorno hacia atrás) en el montaje de las distintas secuencias narrativas, en procura de trascender y modificar las convencionales barreras del tiempo y el espacio.

En los párrafos finales del cuento se produce una identificación entre el objeto delantal y la madre viva. Se avanza en la narración y la identificación evoluciona y se ajusta: el delantal es la propia vida del niño —*cuántas veces escondió su cabeza y enjugó sus lágrimas en el regazo de la madre cubierto por el delantal*— ahora dolorosamente abandonada.

EL DELANTAL*

I

El niño tiene los ojos fijos en la ventana. Mira una mosca que corre de una punta a otra del cristal y quiere volar hacia afuera, donde la luz del crepúsculo se arrastra sobre las piedras de la calle. El niño, agrandados sus ojos, llenos de un asombro que tiene dentro de sí, los lleva en seguida más allá de la mosca, hasta la vereda de enfrente, donde los hijos del sastre extraen musgo de la acequia con una olla cuajada de agujeros; hunden en ella un pincel de trapos y luego se ponen a pintar monigotes en la pared que hace tres días el sastre hizo blanquear. Pero el niño no se alegra mirando esos monigotes. Sus ojos están más lejos. Ni él mismo sabe dónde están.

Se esfuerza por creer todo lo que le han dicho esta mañana y todo lo que él mismo ha visto; pero mueve su rapada cabeza y dobla la frente fijando sus ojos en las rodillas, metiendo un dedo en la media rota, buscando, buscando la verdad.

Oye a sus espaldas las voces de todos los hombres que llenan su casa en este momento. Borrado el aroma a hierbas campesinas que suele sentirse siempre en esta pieza, se percibe el fuerte olor a tabaco de los fumadores que están conversando en la otra habitación.

No puede creer todo lo que le han dicho y todo lo que ha visto. Busca desesperadamente dentro de sí, después de haberla buscado a ella por todos los rincones de la casa, una forma de comprender lo que ha visto y lo que ha oído. Y no puede. Se le van los pensamientos por todos lados. Es inútil encerrarlos, como es inútil guardar un poco de humo en una cajita de cartón.

* en Carlos Mastrángelo, *25 cuentos argentinos magistrales*, Buenos Aires, Plus Ultra, 1977.

De a ratos, uno de estos pensamientos se abre paso por los caminos soleados pero tristes de su espíritu minúsculo. Es un pensamiento envuelto en un recuerdo. Se ve en una mañana de verano, frente a las lomas rojas del pueblo donde viven los padres de su madre, inmóvil ante la torre blanca de la iglesia. Las vacas de su abuelo se alejan, en tropilla, por un camino polvoroso pero alegre. Muchos retamos floridos vuelcan sus pétalos de oro sobre las ancas agudas de las bestias. El grito de los peones ondula como una viborita de bronce, humillando las astas mansas, y las vacas, de una en una, van entrando en esa nada silenciosa de los caminos, más rebosantes de calma cuando un tropel se ha perdido entre sus huellas.

El camino pasa frente a la iglesia y allá arriba, en el campanario, su madre, sueltas las trenzas rubias sobre el pecho, le hace señas que él no entiende. ¿Cómo dejar de ver esos lustrosos lomos de las vacas y este arco de gusano de las colas de los terneritos, corriendo y corriendo como si temieran que las ubres pesadas se perdiesen por el camino? Ahora la ve. Sí. Su madre le ofrece una cosita roja. Parece una flor. No. Es una manzana. Ahora ella —¡cómo son de blancas las manos de su madre!— extiende el brazo gordezuelo y se la tira desde lo alto. El niño corre con las manos extendidas; pero no es él quien la recibe. La manzana se clava en una de las astas de la última vaca que pasa a su lado, alejándose gravemente, mientras la madre y el niño llenan el camino con sus risas.

Recordando estas risas, el niño percibe el dulce aroma de los retamos y alza sus ojos hacia las varas del techo donde chilla un murciélago. Ahora surge su pensamiento, enredado siempre en el recuerdo; si su madre ríe con él, en este instante, mientras la vaca se aleja por el camino llevando la manzana clavada en una de sus astas, ¿puede también hallarse terriblemente inmóvil dentro de ese cajón que todavía huele a virutas y que ha estado claveteando el tuerto Barbadilla, toda la tarde, bajo el naranjo del patio?

El niño, adormilado, se pone a jugar con la borla azul y roja de una corneta que le regaló su madre hace dos años. La corneta ya no existe. Sus últimos restos deben estar, descoloridos, en el tejado de la casa. Sólo conserva el niño la borla que, por casualidad, ha hallado en un rincón esta mañana. Haciéndola girar entre sus dedos, recuerda los cabellos de su madre.

La ve una tarde, bajo el alto naranjo del patio, zurciendo las medias que él rompe todos los días. Es inmenso el silencio de la tarde y por eso parece más bulliciosa la ráfaga de viento que de pronto se levanta y sacude la copa del naranjo. Se desprende entonces del árbol una lluvia de azahares que ruedan sobre las manos, los hombros y los cabellos de su madre. Ella alza la cabeza y el rostro se le llena de alegría. El niño hunde el mentoncillo en el pecho, refugiándose en esta dulce imagen que él ha sacado de su corazón, para animarla con su dolor, en el cuartucho abandonado. No ve las hormigas subiendo por la pared ni el gato que juega con la borla, a su lado. Está junto a su madre, en el patio de la casa. Ella ríe con una risa igual a la suya; una cristalina risa de niño. Por eso su madre es mucho más hermosa que las otras madres; es una muchachita. Se acerca a verla más de cerca. Extiende sus manos y desliza la yema de sus dedos por los cabellos rubios; alza los azahares uno a uno y aspira con ansia su perfume. Hace mucho tiempo de esto; pero él tiene, todavía, este perfume entre sus dedos. Hundido en su recuerdo, no siente el olor barato de las velas que arden en la otra pieza.

II

El niño ha pasado toda la noche, hundido en un sillón destripado que suena como una flauta cada vez que alguien se sienta en él. No ha querido entrar en la otra habitación. No puede creer que su madre esté muerta. Por eso, tampoco ha querido verla y ha movido, dudando siempre, su rapada cabeza, a todas las palabras de las gentes que llenan la casa.

Al otro día, a la diez de la mañana, ha llegado el coche fúnebre de la Municipalidad. Los vecinos han sacado a pulso el ataúd y el coche se ha alejado velozmente, porque siempre a los muertos pobres hay que llevarlos pronto al cementerio. Los viejos plumeros del coche se han perdido en el fondo de la calle y después todo ha quedado como si nunca hubiese sucedido nada en el barrio. El niño ha visto desde la ventana, asentar el ataúd sobre las briznas de pasto seco y las plumas de las palomas del portero de la Municipalidad, desparramadas sobre el piso del vehículo, pero nada de eso es cierto. De ninguna manera puede ser cierto.

El niño, después, ha empezado, lentamente, a recorrer la casa. Penetra en la pieza contigua en cuyo centro hay una mesa cubierta por un paño negro, flanqueado por candelabros vacíos. Un cabo de vela ha perdido la muerte en la habitación saturada por un áspero olor a pavesas. El niño extiende una mano sobre el paño negro, alisando las huellas que dejó el ataúd.

Sobre esta misma mesa tendía su madre el mantel, a la hora de comer.

Algo blando acaba de pisar. Es una rosa. La mira extrañado, como si nunca hubiese visto una rosa. Lentamente sale de esta habitación y penetra en las otras. Se detiene en la primera, frente a un alto canasto sobre el que ha dejado su madre un vellón de lana envuelo en el huso. Acaricia el copo dulcemente. Ella debe estar por allí cerca. Mira hacia todos lados, esperanzado en que muy pronto entrará por la puerta o la verá cruzar el patio.

Sigue recorriendo las piezas desiertas. De los techos se desprenden partículas de polvo. La humedad ha dibujado extraños mapas en las paredes. En el patio, el naranjo tiembla al soplo de la brisa. Un pájaro se refugia en su copa y el niño lo oye bullir entre las hojas. De pronto esta hondura silenciosa se parte con el tañido de una campana que empieza a sonar en el convento de Santo Domingo. El niño siente la angustia de esta campana. Mira hacia todos lados. Está completamente solo en la casa. Pasea sus ojos incrédulos por los adobes de la tapia. Allí lejos, aparecen las tejas musgosas del convento, cubiertas por una bandada de palomas. Están quietecitas esperando que se vaya la tarde. Ahora se percibe un suave olor a naranja quemada que viene de la casa vecina. Son las viejas niñas Balmaceda, sahumando sus cuartos de solteronas, antes de que llegue la noche.

El niño pasea sus ojos incrédulos por toda la casa. De la calle, como un potrito alegre, entra el canto de los hijos del sastre. La angustia del niño, encerrada en su incredulidad, asoma ahora a sus pupilas. Quiere ver de nuevo los candelabros vacíos, pero se detiene. Ya sabe dónde podrá encontrar a su madre. Pasa bajo el naranjo y al querer penetrar en la cocina, se detiene. El gato, sucios los bigotes de telarañas, saca algo rodando hacia el patio. Es un trapo arrollado y cubierto de ceniza. El niño fija en él su mirada. Al principio no se da cuenta muy bien de lo que tiene ante sus ojos; pero de pronto siente que una mano de piedra le estruja el corazón.

El trapo con el que juegan las nerviosas manos del gato, es el delantal de su madre. Marchito y sucio, reconoce sus cuadros azules y blancos. Su madre y su delantal han sido siempre dos cosas inseparables. Toda su vida, su corta vida de niño, está llena de la imagen de su madre y sobre esta imagen, su hermano, el delantal. En él ha escondido infinidad de veces el rostro, para borrar sus penas diminutas; infinidad de veces ha puesto en él la cabeza para que su madre le acariciara las mejillas. En ese delantal está toda su vida, su corta vida de niño. No es el trapo sucio con que juega el gato; es su propio corazón rodando por las piezas abandonadas, llenándose de polvo, de ceniza, de telarañas.

Ahora comprende que todo es cierto, terriblemente cierto. Se le doblan las rodillas, se desliza hasta el suelo su cuerpo y se acurruca apoyando la espalda en el caño de cinc que trae las lluvias del techo; esconde la frente en las rodillas y su llanto de niño, su triste llanto de niño, resuena en la casa desierta.

La dorada naranja que el árbol deja caer en el patio, lleva tras de sí los pasos inquietos del gato. El delantal y el niño son dos cosas abandonadas.

PROPUESTAS DE TRABAJO

1. Transcribir imágenes, símiles y metáforas que dan el tono de lirismo señalado en el comentario del cuento e interpretarlos.

2. Señalar los fragmentos que corresponden al presente de la narración y a la evocación.

3. Describir un ambiente de la casa donde transcurrió la niñez.

PROPUESTAS FINALES

1º Ubicar la región en un mapa de la República Argentina.
2º Elaborar un listado de nombres geográficos, animales y vegetales propios de la región, que aparecen en los distintos cuentos.
3º Comparar las presentaciones personales de los autores y distinguir:
    a) la que habla a los jóvenes de su compromiso con el medio;
    b) la que señala una concepción estética;
    c) aquella que tiene estructura de carta; y
    d) la que relata un nacer a las letras.

BIBLIOGRAFÍA FUNDAMENTAL
SOBRE LAS OBRAS Y LOS AUTORES

Actas del Simposio de Literatura Regional, Salta, 1980.

Almeida de Gargiulo, Hebe y Gutiérrez de García, Sara, *La Organización nominal en la Pericana de Juan Pablo Echagüe,* Congreso Nacional de Lingüística, San Juan, 1981.

Anderson Imbert, Enrique, *Teoría y Técnica del Cuento,* Buenos Aires, Marymar, 1979.

Baquero Goyanes, *Qué es el Cuento,* Buenos Aires, Columba, 1966.

Barthes, R., *Análisis estructural del relato,* Buenos Aires, Tiempo Contemporáneo, 1974.

Benarós, León, *Juan Draghi Lucero, un escritor con vocación de clásico,* Prólogo de *El Loro Adivino,* Buenos Aires, Troquel, 1975.

Coluccio, Félix, *Diccionario Folklórico Argentino,* Luis Lasserre y Cía., 1964.

Conte-Grand, Juan, *Naturaleza y Paisaje en la Literatura,* Mendoza, Editorial Oeste, 1955.

Cortazar, Augusto Raúl, *Folklore y Literatura,* Buenos Aires, Eudeba, 1964.

Daus, Federico A., *Fisonomía Regional de la República Argentina,* Buenos Aires, Nova, 1971.

Díaz López, Rogelio y Díaz Costa, Rogelio, *Toponimia Geográfica de la Provincia de San Juan,* Mendoza, Best Hnos., 1939.

Díaz Usandivaras, Julio y Díaz Usandivaras, Julio Carlos, *Folklore y Tradición*, Buenos Aires, Raigal, 1953.

Echagüe, Juan Pablo, *Tierra de Huarpes*, Buenos Aires, Peuser, 1945.

— *Tradiciones, Leyendas y Cuentos Argentinos*, Buenos Aires, Espasa Calpe, 1944.

Echagüe, Pedro H. J., *Dos novelas Regionales*, Prólogo de Margarita Mugnos de Escudero, Buenos Aires, El Ateneo, 1931.

Gambier, Mariano, *Los Valles Pre-andinos de San Juan*, Documenta Laboris, año 1, n° 9, Conicet, 1981.

Ghiano, Juan Carlos, *Constantes en la Literatura Argentina*, Buenos Aires, Raigal, 1953.

Heisig, J. W., *El Cuento detrás del Cuento*, Buenos Aires, Guadalupe, 1976.

Jacovella, Bruno, *Juan Draghi Lucero*, prólogo de *El Hachador de Altos Limpios*, Buenos Aires, Eudeba, 1981.

— Las Regiones Folklóricas Argentinas, en: *Folklore Argentino*, Biblioteca del americanista moderno, dirigida por el Dr. J. Imbelloni.

Lida de Malkiel, María Rosa, *El Cuento popular y otros ensayos*, Buenos Aires, Losada, 1976.

Mastrángelo, Carlos, *El Cuento Argentino*, Buenos Aires, Nova, 1975.

Peñaloza de Varese, Carmen y Arias, Héctor Domingo, *Historia de San Juan*, Mendoza, Editorial Spadoni, 1966.

Piñón, R., *El Cuento Folklórico*, Buenos Aires, Eudeba, 1965.

Quiroga Salcedo, Eduardo y Mariel Erostarbe, Juan, *El Cuento Regional y sus constantes*, Simposio de Literatura Regional, Salta, 1978.

Sarlo, Beatriz, Introducción de: *El Cuento Argentino Contemporáneo*, Buenos Aires, Cedal, 1976.

Saubidet, Tito, *Vocabulario y Refranero Criollo,* Buenos Aires, Kraft, 1943.

Triviño, Luis, *Antropología del Desierto,* Buenos Aires, Fecic, 1977.

Videla, Horacio, *Asomado al Mundo,* Buenos Aires, Peuser, 1956.

— *Historia de San Juan,* tomo II, edición del Gobierno de la Provincia de San Juan, 1972.

INDICE

Qué nos proponemos	9
INTRODUCCIÓN	13
Mirando al pasado	13
Otros Boedo y Florida	14
Hacia una literatura nacional	15
La Argentina en regiones	16
Leyendas y tradiciones	20
El hombre y sus modos	26
Esta selección	27
LA EDICIÓN	28

ANTOLOGÍA

Liliana Aguilar de Paolinelli, **La tormenta**	29
Propuestas de Trabajo	37
Luis Ricardo Casnati, **El loco Rogers**	39
Propuestas de Trabajo	51
Antonio Di Benedetto, **Cínico y ceniza**	53
Propuestas de Trabajo	61
Juan Draghi Lucero, **El mate de las Contreras**	69
Propuestas de Trabajo	81
Juan Pablo Echagüe, **La Pericana**	83
Propuestas de Trabajo	91
Haydée Franzini, **La cinta perdida**	93
Propuestas de Trabajo	101
Polo Godoy Rojo, **Después del malón**	103
Propuestas de Trabajo	115
Daniel Moyano, **Para que no entre la muerte**	121
Propuestas de Trabajo	129
Rogelio Pérez Olivera, **El caballo encontrado**	131
Propuestas de Trabajo	139
Ángel María Vargas, **El delantal**	141
Propuestas de Trabajo	151
PROPUESTAS FINALES	153
BIBLIOGRAFÍA FUNDAMENTAL SOBRE LAS OBRAS Y LOS AUTORES	155

Impreso en
A.B.R.N. Producciones Gráficas,
Wenceslao Villafañe 468,
Buenos Aires, Argentina,
en marzo de 1994.